COLLECTION FOLIO

Pierre Bergounioux

Miette

Gallimard

Pierre Bergounioux est né à Brive. Il est professeur de lettres modernes.

I

C'est au début des années quatre-vingt que j'ai fait plus étroitement connaissance avec Adrien. La mort presque simultanée de Baptiste et de Jeanne vida la maison où il avait vécu un demi-siècle plus tôt. Elle atténua l'interdit spécial dont le partage frappe les choses autrefois indivises. Il prit l'habitude de passer chaque jour. Du bout ferré de sa canne, il frappait à la porte de l'atelier ou faisait sonner les morceaux de ferraille qui jonchaient le sol, dehors. Je posais les outils, débranchais le poste de soudure, extrayais ma dextre du gros gant de cuir et nous nous serrions protocolairement la main. Il me demandait, en français le plus souvent, mais parfois en patois, comment je me portais. Il riait lorsque je lui répondais en patois.

Dès alors, je l'ai vu blême, les traits creusés par la douleur et l'insomnie, au désespoir, quoiqu'il fût dans sa manière de n'en rien laisser paraître ou alors d'en parler comme d'une assez plaisante chose, et puis, contre toute attente, revigoré, gaillard, capable — à quatre-vingt-trois ans — de me prendre des mains la tronçonneuse pour dégager un foutu gros pommier qui s'était abattu obliquement contre la maison.

J'imagine les regrets, l'animosité que pouvait lui inspirer ma présence en ce lieu où il avait vu, vivants, ceux qui, depuis trois millénaires, en étaient l'âme et dont il perpétua, seul, dix années durant, l'esprit, les traits, la voix. Il y avait travaillé, pour de bon. De ses mains étaient sorties mille choses dont j'avais encore l'usage, la meule sur laquelle j'affûtais ciseaux et burins, les ciseaux eux-mêmes dont il avait forgé le fer dans de vieilles lames de ressort, taillé le manche dans du buis, l'enclume formée d'un tampon de wagon enfoncé dans un billot de chêne. Son regard parcourait rapidement la pièce en désordre, les ébauches, les ferrailles coincées dans l'étau, mutilées, recombinées, soudées à l'arc dont il identifiait, perplexe, goguenard, la nature originelle. Bien des pièces récoltées à la casse, au fond des granges ou sur des machines abandonnées dans les ronces, c'est à lui que je dois d'en connaître l'usage primitif et le nom : le pique-pré, la scie à foin, la pince à taureau dont on engageait les mâchoires dans les naseaux. La plus légère pression sur les branches, répercutée sur la cloison nasale de la bête, permettait à un enfant de dix ans d'imposer sa volonté aux dix quintaux d'un animal ombrageux. On voit cela dans *Madame Bovary*, au chapitre des comices.

Adrien, amusé de mon ignorance, de mes maladresses, posait parfois sa canne ou son panier, empoignait une clé à molette ou une massette et un burin pour dégripper un écrou récalcitrant, chasser une goupille rouillée. Je lui ai fait de la peine, souvent, lorsque j'ai sacrifié à mes fantaisies des

10

outils encore intacts. Ils étaient toujours capables de servir, porteurs de leur effet utile. Il avait manié, jadis, les houes au fer long, épais, qu'on employait dans la bruyère, les clefs de serrage à manche pivotant que la clef anglaise a périmées, les fourches, les crocs, les bigots, les bêches. Il avait vu son père guider la herse, le cultivateur — l'« extirpatour » —, le brabant, la faucheuse dont je rapportais, dans des caisses, les dents et les doigts, les socs, les coutres, les pointes, les versoirs pour les réunir d'autre façon dont je conçois qu'elle était pour lui, plus que déconcertante, révoltante. Les temps sont finis où l'homme, aidé ou non de l'animal, devait imprimer la force motrice à l'outil qu'il guidait. Adrien le savait mieux que moi pour avoir peiné à animer ces griffes d'acier, ces dents de fer qui étaient, il y a peu encore, les seules armes de l'espèce contre la terre lourde et les troncs sourds. Il avait un tracteur, usait en virtuose de la tronçonneuse à chaîne. Il possédait un parc de machines électriques et thermiques qu'il entretenait méticuleusement. Sans cela, il n'aurait jamais construit seul, en peu d'années, la maison qu'il édifia pour sa retraite à la pointe méridionale du hameau, d'où l'on domine vingt-cinq lieues de pays, jusqu'aux monts du Cantal. Mais ce sont ses jeunes années, sa peine d'autrefois, s'il y a place pour autrefois dans nos vies et nos peines aussi longtemps qu'on est en vie, c'est le monde de ses éveils, le premier et le seul, que je démembrais gaiement.

Une bonne part de ce que je sais de l'âge immémorial qui s'achevait quand je suis venu, c'est à ces sacrilèges que je dois de l'avoir appris.

Le cultivateur auquel j'avais enlevé ses lames pour

en faire tout autre chose de parfaitement inutile, il l'avait vu plier un jour que son père avait touché le roc et que les bœufs, continuant sur leur lancée, tordaient les longerons en fer de dix centimètres carrés de section. Il avait fallu descendre l'engin au bourg où les axes faussés avaient été redressés par le forgeron, celui qui, un soir d'hiver, s'était jeté dans le petit étang pour répondre au défi de le traverser. L'eau noire s'était refermée sur lui, trop heureuse de tenir et de garder enfin le maître du feu. Les fantômes des bêtes contribuaient dans une large proportion à m'approvisionner. Le nettoyage d'une écurie ou d'une étable tire de l'ombre et des pailles des dizaines de mètres de chaîne, des anneaux d'attelage à étranglement, de l'épaisseur du pouce, des mors de fonte fine, des entraves pareilles à d'énormes menottes aux bords soigneusement adoucis, les tenailles à boules pour paralyser les taureaux. Plus qu'à l'œuvre accompli, qu'au paysage transfiguré par le labeur des générations, c'est aux instruments épais, pesants à l'excès, qu'on mesure l'ampleur du différend qu'on a vidé ici avec le monde. La rudesse, les traits de sauvagerie dont j'ai recueilli l'écho voilé, il n'y a pas loin à chercher pour en comprendre l'origine. Il suffit d'attraper les cognées, les grandes houes, la scie à refendre, le passe-partout, le timon de la charrette au bleu déteint, de la déplacer, d'essayer. Le seul fait de les prendre, soulever absorbe presque toute l'énergie qu'on est capable de tirer de soi huit heures par jour. On commence par se dire que non. Ce n'est pas pour nous qu'ils ont été façonnés, emmanchés. On pense plutôt à des êtres intermédiaires. On se rappelle les créatures aux corps d'ours, aux faces camuses, animales que Charles Le Brun a dessinées quand il n'esquissait pas, d'un crayon léger, l'ordonnance de palais pour les rois. C'est ça qu'on imagine quand on empoigne un louchet, une grande hache et que tout ce qu'on peut faire, c'est de ne pas lâcher.

Si pourtant on fait l'effort supplémentaire de les remuer, qu'on les applique à la terre, à quelque frêne qui s'est mis à pousser contre un mur pour déchausser les fondations, aveugler les ouvertures, on comprend. Il faut ce poids, cette épaisseur de fer pour entamer le sol coriace sous son pelage de bruyère et d'ajonc, arracher de la chair, des copeaux comme du blanc de poulet, à l'arbre téméraire que les bois, dont le règne arrive, ont lancé sous les murs, en éclaireur. A peine, en vérité, suffisent-ils. C'est trois fois plus de métal, un manche gros comme la cuisse qui seraient nécessaires pour donner à la partie un tour moins inégal. Or, ils n'avaient pas la stature des ours, la force surhumaine que semblent exiger les outils mangés de vers et de rouille dans les granges assiégées par les essences pionnières, le frêne, l'alisier, le sureau. En fait, ils étaient beaucoup plus petits que nous. C'est écrit. On a les livrets militaires, avec leur portrait enlevé dans le style de l'identité judiciaire : « Front bombé, nez court, yeux clairs, menton à fossette, taille : 1,61 m. » Il reste, au grenier, des brodequins racornis semblables à des rondins de chêne qu'un gamin de treize ans chausserait avec peine, des bois de lit, en vrai chêne, où l'on ne tiendrait plus. On aurait la tête en porte à faux et les pieds dehors.

Ils compensaient leur faible élévation par une extension dans la largeur et, parfois, dans la profondeur que permettent d'apprécier les ceintures de cuir pendues à des clous, près des bois de lit. Celles de Baptiste tiendraient chacune leur pantalon à deux citadins normalement constitués placés l'un derrière l'autre, encore serait-ce d'un peu loin. Ceci, en passant, à son propos, qui m'a laissé étonné, assis, au début. Il quittait le premier la table, après dîner, embrassait Berthe, les filles puis venait à moi. Je me levais pour lui serrer la main. Lorsqu'il estima que ces cérémonies n'étaient plus de mise, il posa, un soir, sa main sur mon épaule tandis que je poussais sur mes jambes pour me mettre debout. Cela s'est fait sans la moindre brutalité, sans effort apparent de sa part et je n'ai pas réussi à décoller de ma chaise alors que je voulais, j'y tenais. Je parlerai plus tard de la violence dont il était capable. Elle ne s'exerçait qu'à l'écart, dans la solitude, contre les arbres, les bêtes sauvages qui rongeaient le pied des arbres et peut-être, trois années durant, des hommes qui se comportaient comme des bêtes en furent-ils les victimes. On la devinait encore lorsque, retour des bois, il entrait dans la cuisine mais plus du tout en société, contrôlée, dominée qu'elle était par une urbanité exquise et très légèrement surannée.

Toutefois, même avec une constitution robuste, des ressources profondes, l'atavisme, ils n'étaient pas de taille. Même en l'absence d'alternative, de la simple possibilité d'envisager le contraire, arrêter, ne pas, ils ne seraient jamais venus à bout du sol inclément, de la brande, des arbres voraces. Il y fallait quelque fureur. Ils étaient prompts à s'emporter.

Une impatience les prenait à la plus légère réticence qu'ils décelaient dans une pierre, un tronc, un outil. Adrien sacrait entre ses dents : « Per moun âme. » Baptiste pouvait abreuver l'obstacle, l'instrument de termes bas, très dégradants : « Ah ! bougre ! Ah ! bougresse ! », qui juraient singulièrement avec le parfait contrôle, la courtoisie qu'on lui voyait quand il n'avait affaire qu'à des hommes. Ceux-là, pour puissants, hostiles qu'ils soient, quand même ils viendraient avec l'intention déclarée de vous nuire, de vous exterminer — ce qui arriva jusque dans ces solitudes — ne sont jamais que vos semblables. Ils ne sauraient vouloir plus que vous. Ils ne pourront jamais autant parce que vous êtes chez vous, parmi les choses qui vous étaient assignées, assorties depuis trois mille ans. Elles sont vôtres ou vous leur et c'est elles qui vont vous dérober à vos ennemis.

J'ai vu Baptiste, à soixante-dix ans, quand ses forces ne l'avaient pas encore abandonné, s'émouvoir de ce que je m'appliquais à fixer une lame de faux sur un manche neuf. Une hâte irrépressible l'emportait sans qu'il y eût aucune urgence. C'était le début de l'après-midi. Il avait quelques mètres d'herbe à couper, lui qui, dans sa vie, avait fauché des milliers d'hectares. Les rapides accès d'humeur, la sauvagerie qui lui venaient dès qu'il se détournait des hommes, je ne peux me les expliquer autrement que par la tension chronique de ses rapports avec les choses. Toute l'énergie dont il était capable lui permettait à peine de les contenir dans les limites et sous la forme prescrites. Il n'avait quelque chance de les conserver qu'avec leur relative complaisance, celle des milliers d'arbres et de leurs millions de branches et des milliards de particules du sol, celle des outils pesants, traditionnels qui absorbaient chaque parcelle de ses forces, lesquelles étaient en nombre fini. Et sans doute que la lande, les rocs, les cohortes de résineux y avaient mis du leur sous leur grain tenace, leurs dehors revêches, leur hérissement de piquants et d'aiguilles. Ils s'étaient contentés d'être ce qu'ils sont à l'ordinaire, sans excès ni vaines complications. Sinon, Baptiste n'aurait jamais pu. C'est de peu qu'il l'emporta, d'un rien qu'il prit, jour après jour, l'avantage et triompha d'une adversité qui ne désarmait pas, qui s'ingéniait, la nuit, quand il tombait dans le sommeil, à croître et foisonner. Ce ne devint pas une habitude. Jamais, j'imagine, du fond de sa fatigue, au soir de la journée faite, il ne put se tenir pour assuré de l'emporter le lendemain. Il ne disposa pas du mince avantage qui l'aurait fait tel, devant les choses, qu'il fut en société, affable, souriant à proportion de ce que nul n'en usait plus énergiquement que lui avec les choses et ça, il le savait.

Les deux frères différaient sur ce point justement parce qu'ils étaient frères. Baptiste avait touché la propriété, c'est-à-dire la maison de 1930, la plus grande partie des terres et l'obligation de les représenter, ce dont Adrien, son cadet, s'était trouvé, par le fait, exempté.

J'ignore presque tout de leur jeune âge. On dit qu'Adrien préféra toujours aux travaux de ce qui était encore une ferme l'apprentissage de métiers intermédiaires, du savoir-faire artisanal. Il s'absentait pour travailler le bois chez les menuisiers, le fer chez les serruriers. Il quitta le pays et monta s'embaucher à Paris. Il y paracheva cette habileté de main qui s'acquiert en atelier. La fureur n'est plus la première ni la principale composante de l'activité productive lorsqu'elle s'exerce dans un cadre salarial. On a le temps. On en reçoit une quantité raisonnable, à peu près appariée à la nature et à l'étendue de la tâche. Celle-ci doit non seulement répondre à des exigences techniques mais présenter un certain fini, à quoi se prêtent les matériaux inertes. Mais pas la terre avec ses boues, ses pierres, ses vivantes futaies. Les contributions des deux frères à la physionomie du lieu portent le sceau de leur condition respective. Le portail aux traverses courbes, l'étau de forgeron assujetti à un plateau de chêne, sous la fenêtre de l'atelier, la meule, une partie des outils sont d'une facture soignée, ingénieuse où l'on reconnaît la main d'Adrien. C'est fait selon les règles, d'équerre et de niveau, boulonné, chevillé, susceptible de démontage pour être réparé puis réengagé dans le cycle de l'usage et de l'usure. L'écrou est toujours monté sur rondelle. Manches et poignées ont reçu un poli qui ne vise pas qu'à épargner aux mains les écorchures. Il exalte la beauté du bois. C'est du temps à l'état pur. La meule tourne toujours comme une montre. Le portail ouvrirait aisément si l'on avait pris la précaution de l'entretenir et d'en graisser les gonds.

Quand même je n'aurais pas vu Baptiste rentrer des bois ou bien, le jour de la faux, changer de visage, dépouiller, sous mes yeux, son enveloppe civile pour opposer à l'herbe l'énergie sauvage, la brutalité angoissée qu'elle appelle, la seule qu'elle comprenne, je le connaîtrais aux traces qu'il a laissées. Il est partout, quinze ans après s'en être allé, à sa manière qui est celle, en vérité, du cru, insoucieuse des habiletés, des règles impersonnelles qu'on apprend au loin. Un trait signe la diversité de ses actes et c'est l'impétuosité. Il est entré dans l'urgence le jour de septembre où il naquit, le premier des garçons après Lucie, et s'y tint jusqu'à ce matin d'août 1976 que la perspective subite de sa fin l'enleva à lui-même, c'est-à-dire à ce qu'il avait vu, reçu, accepté en ouvrant les yeux.

Il ignorait, par exemple, dans la pratique, cette acquisition de l'âge du fer qu'est le pas de vis et, plus largement, le principe de conduite auquel on a donné le nom de méthode — *méthodos*, en grec, veut dire détour — et qui a fait l'objet d'un *Discours* assez connu au début du XVIIe siècle. Il allait droit au but. Il n'a jamais regardé à la peine qu'il se serait épargnée. Il ne pouvait pas. Elle revient à céder un surcroît de temps à la partie adverse et il n'avait pas le temps. Il versait le prix fort. Il procédait en force.

Si travailler ne consiste qu'à déplacer de la matière, soit qu'on la divise, soit qu'on réunisse ses membres épars, il ne recourait, pour cette dernière opération, qu'au clou. Les chevrons de la cave, ceux des granges, les poutres en sont hérissés. Il en est peu, vu la dureté du bois, qui ne soient pas tordus, la tête en biais, y compris les clous de charpentier gros, presque, comme le petit doigt. Lorsque c'est aux murs qu'il avait besoin de fixations, l'approche circulaire avec cheville et vis étant exclue, c'est au premier bout de fer à lui tomber sous la main qu'il recourait. La tuyauterie du poêle, dans l'atelier, est suspendue à des tarières enfoncées à coups de masse

18

dans les joints en ciment. L'escalier de la cave, rongé par l'humidité, ayant commencé à donner des signes de faiblesse, il reçut l'appui de forts burins coniques pareillement engagés dans la maçonnerie. De sorte que le jour où une marche céda sous mon poids, l'un d'entre eux, qui dépassait d'une bonne trentaine de centimètres le limon, me froissa les côtes en long pour finir sa course dans le creux de l'aisselle. Je tenais à deux mains je ne sais quoi de fragile et de lourd que je n'entendais pas lâcher. Ça se serait mal terminé si mes pieds n'avaient touché le sol au moment où le burin arrivait au fond de l'espèce de cul-de-sac que forme la jonction du tronc avec le bras.

Le soir même, malgré le bleu qui me couvrait le flanc, j'achevai de faire tomber l'escalier et coupai les tiges d'acier fichées dans le mur. C'est comme lorsqu'on se décida à isoler la cave au moyen de panneaux en polystyrène glissés entre les solives. On ne pouvait pas, à cause des clous plantés partout, buissonnants, par places. L'une des faces d'une seule solive en portait jusqu'à vingt-trois. J'ai hésité, comme pour les burins. J'ai mis sérieusement en balance l'intérêt qu'il y aurait à n'avoir pas froid, à emprunter un escalier en toute quiétude et puis la disparition partielle des signes que celui qui avait été l'âme du lieu et son incarnation dernière avait laissés dans le granit et le cœur de chêne. J'ai fini par sectionner le tout mais je ne me sentais pas soutenu, comme on l'est dans les travaux pénibles, par les bonheurs prochains dont ils sont le prix. Je me suis surpris à n'aborder ces ferrailles qu'avec des ménagements. J'étais gêné lorsqu'elles dégringolaient et que leur extrémité rougeoyante sifflait au contact du sol humide. J'en aurais bien épargné quelques-unes. Cela ne vaut, bien sûr, que pour les granges, l'atelier et les parties de l'habitation laissées à l'entière discrétion de Baptiste. La main de Jeanne est visible dans les pièces vouées à la vie commune, non pas tant de façon positive — elle vint comme bru à une heure tardive et du vivant de sa belle-mère — que par le défaut des clous, planches brutes et autres ligatures en fil de fer que Baptiste employait à réunir ce qui était séparé. Il y a bien quelques fortes pointes plantées à la diable dans le linteau de la demi-cloison séparant le coin du feu — le cantou — du restant de la pièce mais c'est sur sa face interne. On pourrait s'y suspendre en toute sécurité et ils servent à soutenir une baladeuse montée sur sa douille en plastique.

La cuisine ouvrait directement sur l'extérieur dont elle recevait le bois, les légumes et les visiteurs. C'est par là que Baptiste arrivait, au sortir de la forêt, fatigué, farouche, ses chaussures pleines de terre, ses vêtements mouillés, incrustés d'écorce et d'aiguilles. Mais Berthe, la sœur de Jeanne, y passait, vers la fin, ses journées à lire. Jeanne mobilisait la grande table pour la confection des pâtés, des gâteaux et des confitures ainsi que pour les travaux de couture d'une certaine ampleur et Baptiste lui-même s'y reposait, dans une chaise longue, après déjeuner. Bref, c'était un lieu partagé, une portion du dedans où le dehors avait ses entrées. Je ne mis pas longtemps à comprendre. Le lendemain de mon arrivée pour les premières vacances d'hiver que j'ai passées là-haut, la porte s'ouvrit avec fracas dans mon dos, talonnée par la brouette débordant de bûches, elle-même suivie, pilotée sans fioritures par un Baptiste en sabots, de la neige aux épaules et sur la tête. Les politesses d'usage me furent adressées d'une voix sonore, après quoi le débardage se fit à la volée et l'équipage disparut comme il était entré. Il était de bonne heure. Je me souviens d'avoir regardé les ondes circulaires s'entrechoquer à la surface du café, dans le silence revenu.

Il y a, c'est vrai, plus malaisée à dissimuler, la corniche d'un vieux buffet en bois fruitier, dans la salle à manger. Cet ornement superflu gênait lorsqu'il fallut l'introduire dans le logement de fonction, au bourg. Baptiste abattit incontinent la saillie en trois coups de scie à bûche. A cela près, l'intérieur s'apparente aux intérieurs d'il y a cinquante ans et plus, y compris le bureau où Baptiste traitait la partie comptable de ses affaires et rédigeait sa correspondance. Le mobilier aux formes désuètes, les chaises couvertes de cuir raide, comme des tambours, le grand pupitre ont juste cette particularité d'être plus massifs qu'il n'est d'usage. Ils sont en chêne, comme les charpentes et les charrettes, comme si la rudesse du dehors, la dureté du granit, l'âpreté des hivers, les gestes directs, énergiques qu'ils commandent, se répercutant jusque dans les lieux destinés au calcul et à la conversation, avaient imposé un coefficient supérieur de masse et de robustesse à leur contenu.

Une solidité à toute épreuve, avec ses propriétés sous-jacentes, l'abondance de matière et sa qualité, caractérise les objets qu'abrite la maison. Ils partagent un second trait : la sévérité. Dans les armoires s'empilent encore les costumes sombres de coupe sobre, les chemises à carreaux de teinte neutre, les robes grises. Sous les combles sont rangées les chaussures noires, inusables, que Baptiste mettait pour partir en voyage et qu'il perçait, pourtant, en quelques semaines. De larges camails, faits de vieux draps de chanvre doublés, dont il se couvrait les épaules lorsqu'il bûcheronnait sous la pluie et la neige, pendent à des clous.

La salle à manger est la seule pièce à avoir participé quelque peu du siècle. Elle marque l'heure précise à laquelle la vie a culminé avant de s'arrêter, vers 1950. Baptiste et Jeanne s'étaient mariés dix ans auparavant mais c'est seulement à partir de l'été 1944, après que Baptiste fut rentré de l'Auvergne où il avait dû chercher refuge, se cacher pour ne pas mourir, que leur existence commune avait vraiment commencé. Ils avaient fait fabriquer des meubles par un menuisier d'un village voisin, acheté des lustres munis de vasques en verre dépoli, des rideaux de reps grenat et vert à glands et embrasses, la voiture noire aux allures de boîte à chaussures qu'on voit sur une photo de l'époque. Ensuite, les filles naquirent à un an d'intervalle parce qu'ils avaient dépassé, l'un et l'autre, la quarantaine avec la fin de la tourmente et que le temps pressait encore plus qu'à l'ordinaire. Conformément à la nature des choses, l'aînée s'était chargée de ressusciter le côté de la mère du père, la cadette celui de son père, chacune empruntant à Jeanne ce qu'il fallait de ressemblance pour nuancer non pas l'esprit du lieu qui est le même depuis le fond des âges, rien que le lieu fait âme, mais, un peu, l'air, le visage qu'on a depuis le fond des âges en ce lieu.

Jeanne avait dû prier Baptiste d'accrocher aux

murs les tableaux de Cottin, un peintre du dimanche qui avait été l'ami de son père, à Paris. L'un représente une mer légèrement formée sous la pleine lune. Une vague, fort mal rendue, brise sur la côte rocheuse tandis qu'un bateau à voiles traverse le reflet de l'astre, en plein milieu de la toile. En vis-à-vis figurent deux versions du retour du soir. Une charrette regagne le village dont on aperçoit les toits rouges et le clocher sous le couchant. Le disque du soleil glisse derrière de petits nuages translucides de beau temps. Il est de la même teinte que les toits de tuile et colore le miroir d'un étang. Des ombres longues s'échappent de l'attelage, des arbres en boule et des haies. C'est le mois de juin. Enfin, une barque portant trois pêcheurs à la ligne est amarrée dans la crique d'une calme rivière. C'est un après-midi atone du mois d'août. Un clou qui supporterait facilement *Le Radeau de la Méduse* ou *La Bataille de Reichshoffen* ou les deux ensemble soutient à mi-hauteur ces images accordées non seulement aux lourds rideaux poudreux et au lustre mais au monde traversé de charrettes qui commençait de l'autre côté du mur. Un bronze orne le manteau de la cheminée. Il s'agit d'un coq mais dont l'art, à la différence des tableaux, n'exalte pas les travaux et les heures de la société agraire. La plume en bataille, la crête orgueilleuse, tête haute, il tient sous sa patte un casque à boulons du modèle qui remplaça, vers la fin de la Première Guerre, la coiffe de pitre, à pointe, dans l'armée allemande. Et pour que l'allégorie soit sans équivoque, le casque, du gris exact — feldgrau — que portait l'ennemi, est bosselé, percé en plusieurs endroits de coups dont chacun, à l'évidence, est mortel. La pièce, d'un style ancien, contemporain des monuments aux morts qui poussèrent dans le moindre hameau dès les années vingt, trouva un souffle neuf et prit une valeur double vingt ans plus tard lorsque des hommes portant la même coiffure fouillèrent la maison après avoir ouvert le feu sur Baptiste qui galopait dans les prés pour prévenir le maquis de leur arrivée. Ils le manquèrent lamentablement. Jeanne, un peu plus tard, avait ramassé sur la route quelques douilles. Elles traînent sur le manteau de l'autre cheminée. Et puis c'est tout.

Le mobilier des chambres a été fabriqué par le grand-père de Miette, la mère de Baptiste et d'Adrien. Il était menuisier entre la Monarchie de juillet et le second Empire. Mais tout ça ne veut rien dire. Les armoires ont été taillées dans du chêne pour l'éternité. Les planches ont près de quatre centimètres d'épaisseur. Les assemblages en queue-d'aronde sont impeccables. On a donné au bois, débité sur maille, un lustre parfait. Les panneaux de porte n'ont reçu aucun motif décoratif. Une simple cannelure, détachée de la masse, forme corniche à deux mètres cinquante du sol. On ne peut ni les soulever ni les faire riper, à moins de se munir de grands leviers de fer. Quand on se tient, un instant, le soir, au pied de ces monuments, on a beau essayer de penser à Louis-Philippe, à Napoléon III, à tout ce qui s'est passé partout depuis lors, ça fait l'effet d'un souffle, de visions fugaces. Il n'y a que l'armoire.

La table de la cuisine, sans remonter à la Genèse ni prétendre toucher à la consommation des siècles, a été conçue, elle aussi, voilà bien longtemps, pour un long usage. La preuve de son ancienneté, qui pourrait bien entraîner sa réforme dans un assez proche avenir, c'est la faiblesse de sa garde au sol. Comme les vieux lits qui dorment aujourd'hui dans les granges, elle fut construite à l'échelle d'hommes petits dont la jambe passait sans encombre sous le bois du cadre. Il faut maintenant songer à incliner les tibias au moment de s'asseoir, sous peine de se meurtrir les rotules, et on ne peut s'attabler qu'en cagneux. C'est Adrien qui m'a expliqué l'origine des chaises. D'abord, elles ne sont pas en chêne ou, à défaut, en hêtre, mais en merisier, qui est un bois fin. Elles présentent, en outre, une grâce légère, qui contraste fort avec la massive roideur du reste du mobilier. Elles ont été fabriquées à une époque mal définie, au temps du coq, peut-être, par des artisans italiens itinérants. Ils parcouraient le pays avec femmes et enfants, proposant leurs services en échange du gîte, du couvert et de quelque argent. Miette les logea dans le foin et leur fit à manger. Ils abattirent un cerisier sauvage et mirent en œuvre le bois vert, au mépris apparent de la règle qui prescrit de l'employer sec, après un délai d'autant d'années qu'il comporte de centimètres dans l'épaisseur. Ce que le matériau conserve de vivacité, quand il est frais, a été neutralisé par l'assemblage et il a bravé, lui aussi, la durée.

II

Savoir n'est pas nécessaire. D'abord, ça suppose qu'on prenne du recul, qu'on arrête un peu et le temps manque. Il y a trop à faire pour qu'on s'offre le luxe de s'interrompre un seul instant. Les choses sont là, obstinées dans leur nature de choses, corsetées de leurs attributs, rétives, dures, inexorables. Elles ne livrent leur utilité qu'à regret. Elles réclament toute la substance des vies qu'elles soutiennent. Encore le temps dont celles-ci sont faites ne suffit-il pas toujours. Il faut y verser quelque fureur. C'est à ce prix qu'on demeure.

Il y a plus grave. On pourrait, à la limite, s'abstenir de prodiguer aux choses les soins qu'elles exigent d'autant plus impérieusement qu'elles sont acides, pauvres, ingrates, les abandonner, un moment, à leur devenir et consacrer cet inconfortable loisir à méditer. Admettons qu'on y parvienne, grelottant, la faim au ventre, sous la menace des bois, de la friche envahissante. Ils auraient pu, tels que je les ai connus. Ils étaient capables de ça, aussi. La douleur et la privation leur étaient familières. Ils les tenaient en lisière comme la brande, avec les moyens disponibles. Le pétrole, par exemple, quand on avait une rage de dents, on en prenait une bonne lampée et on revenait à son travail, la bouche pleine, avec ce goût. Ça durait des jours mais ce n'était pas le pire. Les mauvaises heures, c'était la nuit. On risquait d'avaler sa potion, dans le sommeil, et quand on la crachait pour dormir, la souffrance empêchait de trouver le sommeil. On se débrouillait. Ce que je veux dire, c'est qu'ils étaient hommes, et femmes, à délibérer en compagnie de la douleur, à la tenir, comme le reste, en respect.

Supposons alors qu'ils aient vu ce qu'ils faisaient pour ce que c'était, le troc épuisant de tout leur temps contre la possibilité précaire de rester dans le temps. Eh bien, non seulement ils n'en auraient tiré nul profit mais cette connaissance, ce détachement, pour léger qu'il fût, leur aurait été très préjudiciable en l'absence d'alternative. Parce qu'il n'y avait rien d'autre à faire que de continuer et qu'il est beaucoup plus facile de le faire sans y penser que de s'y remettre avec la pensée qu'après tout, on pourrait aussi bien arrêter. Aux difficultés habituelles s'ajoute celle, désormais, de repousser l'éventualité que la moindre réflexion éveille aussitôt, la possibilité du contraire, la douceur de ne pas.

Ils étaient raisonnables autant qu'il est en nous et, même, un petit peu plus qu'on ne croit devoir. Ils se sont gardés des réflexions inutiles, des nuisibles pensées. Ils n'ont pas arrêté, laissé leurs mains pendre, inactives, si ce n'est un dixième de seconde, tous les vingt ans, pour la photographie. Elles les montre tels qu'ils auront été, déterminés, eux-mêmes, sans reste ni réserve, tels que l'heure et l'endroit l'exigeaient depuis trois mille ans.

C'est bien simple. C'était dans la grande cuisine, le soir du jour de septembre 1978 où Berthe fut enterrée, auprès de son époux, dans la Xaintrie, à cinquante kilomètres de là. Nous étions rentrés et nous commencions à essayer d'admettre qu'elle n'était plus avec nous, que ce serait pareil le lendemain et.le surlendemain et après, encore, toujours. Quelqu'un a passé dans le bureau d'où il a rapporté une boîte en carton. Elle contenait, outre quelques images de Berthe appartenant à Jeanne, les photos de ceux qui avaient vécu ici et dont beaucoup avaient disparu. On cherchait Berthe. Les autres, on leur jetait un coup d'œil en passant avant de les remettre dans la boîte. J'étais là. Je regardais, aussi. J'ai vu. Si j'ai eu l'esprit de me taire, de remettre à plus tard ma question, c'est que ceux dont les images, les visages passaient rapidement sous mes yeux étaient là, pour une petite partie d'entre eux et pour bien peu de temps, encore, et que j'avais appris, auprès d'eux, qu'il y a des questions inutiles quand ce n'est pas l'heure, le lieu ou les deux. Ce qui a surgi, une seconde, de la boîte, celle que j'ai vue, assise, dans une robe, sous la lumière d'un autre âge, c'est celle qui se trouvait à côté de moi, dans la clarté vive de septembre alors que ça ne se pouvait pas. C'était maintenant, l'été, encore, et non plus la saison bistre, l'automne roux, arrêté d'où semblent nous regarder ceux qui ont vécu, posé au commencement de ce siècle.

J'ai donc remis à plus tard de demander puisqu'il y a le temps, les choses et qu'il ne sert à rien, qu'il est même, parfois, contre-indiqué de savoir quand ce n'est pas le moment.

On m'a dit son nom, Miette, qui est un diminutif

de Marie, et ce qu'elle était. Le reste, je l'aurais deviné tout seul : non seulement la place qu'elle avait occupée dans la procession des âges, avec trois de ses enfants autour d'elle et le dernier, Adrien, sur ses genoux, qui peut avoir un an et permet de dater la photo — 1910 —, mais de quelle manière, cette place, elle l'avait occupée. J'ai rarement vu femme survivre à cette époque, à ses modes, à son éternel crépuscule. Ce qui nous est parvenu, d'elles, ce sont d'informes paquets de linge dans une clarté louche, encombrée de branches peintes, de colonnes et de draperies, de pauvres visages écrasés sous d'informes chapeaux armés de pinces et d'épingles. Elle si, tout entière. Elle est belle, singulièrement, mais la beauté aurait succombé au débordement d'étoffes, aux prothèses, à l'oppression qui accablent la moitié de l'humanité d'alors. Ce n'est pas sa longue robe sombre, très simple, ni le fin collier d'or qu'elle porte qui la magnifient, assise, tenant Adrien, avec Lucie, Baptiste et Octavie autour d'elle. C'est le contraire, la force d'âme, la résolution qu'elle a eues, qu'elle incarna qui, littéralement, l'emportent au-delà d'elle-même et l'élèvent dans la grande temporalité.

Elle mourut dans sa quatre-vingt-onzième année, à l'automne précédant le printemps où je vins officiellement et qu'il faisait beau, presque chaud, déjà, sur les hauteurs. J'ai recueilli, au hasard des conversations, des traits épars que l'image d'elle la montrant pour ce qu'elle fut, farouche et glorieuse, fondit en un bloc solide, sans faille, de détermination. Sa présence, pour être moins saillante que celle d'Adrien ou de Baptiste, avec leurs emblèmes respectifs, les assemblages savants, les écrous sur rondelle ou bien les clous, les térébrantes ferrailles, est d'autant plus manifeste qu'elle touche à des domaines nombreux et parfois inattendus. C'est elle qui a tissé les couvertures de laine empilées dans les armoires que son grand-père avait lancées, comme des vaisseaux, vers l'éternité, rassemblé dans des caisses les débris métalliques, outils rompus, coins brisés, maillons de chaînes, serrures cassées, cercles de barriques, fragments de fonte, pointes, gonds et pentures, anneaux, tubes, éperons, boucles de ceintures, boutons hémisphériques des vareuses militaires, casseroles, clés. Elle badigeonnait tous les ans à l'huile de vidange les herses, charrues et cultivateurs qui ne serviraient plus, récupérait le moindre brin de fil, des morceaux d'étoffe pas plus grands que des rustines avec lesquels elle ravaudait ses chaussons, au point que ceux-ci, m'a-t-on dit, ressemblaient, à la fin, au navire des Argonautes. Sa forme, seule, en attestait l'identité après que toutes les planches de sa coque eurent été progressivement remplacées. Dans un coin du grenier, elle avait serré la quenouille, le rouet, le gros peigne à carder qu'elle utilisa jusqu'à ce que la résiliation du bail de fermage la privât du ballot de laine qu'elle touchait aux termes du contrat. Quand ses yeux ne lui permirent plus les travaux d'aiguille, elle se mit à tresser des paniers avec l'osier d'un saule venu à l'angle du grand pré déclive, celui qui se relève à cent kilomètres de distance pour former les monts du Cantal. Elle en fit en si grand nombre que beaucoup sont restés sans emploi et tombent en poussière, accrochés à des clous. Des boîtes de conserve, près du rouet, contenaient les coiffes d'étain de bouteilles de vin. Je suppose qu'il n'en manquait pas une, qu'on aurait pu calculer, au litre près, la quantité de vin bouché versé entre 1901 qu'elle arriva de Rouffiat, à trois kilomètres, et l'automne de 1970. Les métaux non ferreux, le plomb des vieilles canalisations, le cuivre des robinets sont entreposés, séparément, dans d'autres caisses. Des carreaux, dont la plupart sont cassés, s'appuient contre le mur, près des anciens poêles. La théorie complète des postes de radio s'échelonne sur une étagère emmaillotée de fil de fer, au-dessus du tub en zinc et du berceau de cerisier.

Les habits qu'on portait, pour peu qu'ils fussent encore portables, pendent à des cintres. En dessous, des chaussures racornies sont bourrées de journaux qui parlent du Front populaire, de Stalingrad et du président Coty. Elle exprimait jusqu'à la dernière goutte l'utilité enclose dans les plus petites bribes. Épluchures et fanes passaient aux lapins, les miettes aux poules qui complétaient comme elles pouvaient cet ordinaire spartiate. Elle s'entendait à tirer parti des légumes avariés, des fruits gâtés aussi longtemps qu'ils ne l'étaient pas en totalité.

Je suppose que c'est elle ou simplement cela, cette disposition qui, jointe, soudée à d'autres, l'avait faite telle, que j'ai surprise, un jour insolite de fin octobre où j'étais revenu, vite, pour prendre du bois. Les pommes avaient fini par mûrir. Elles sont à peu près du format des prunes, bien rouges, couvertes de chancres, infestées de vers, becquetées des oiseaux et rongées par les guêpes. On s'étonne de voir tant d'ennemis à des fruits si modestes. Puis on se rap-

31

pelle, si l'on vient de loin, combien l'endroit est âpre, infertile et l'on regarde ces pommes au goût aigrelet, pendues aux branches d'un arbre nu, pour ce qu'elles sont : une aubaine un peu miraculeuse. Je me suis rangé près de la grange, la grande, où j'avais du bois d'œuvre à charger, pour l'emporter. Il faisait incroyablement beau, plus qu'aux plus beaux jours. Au lieu du vert profond qui tire, l'hiver, sur le noir, c'est d'or, d'éclatantes flammes que les hauteurs étaient vêtues. J'avais parcouru les derniers kilomètres dans l'éblouissement des hêtres et des mélèzes avec tout ce bleu sur la tête, comme un don fastueux qu'on recevrait au seuil de l'hiver, au pied des grandes nuits. Le hameau était retourné depuis des semaines à sa solitude, rendu à ses trois habitants sédentaires. Adrien, le dernier à survivre des quatre enfants, se remettait d'une grave opération. Il disposait de ressources qu'on ne soupçonnait pas chez cet homme d'assez petite taille et qui semblait mince. Il est arrivé quelques instants après, alors que je peinais à extraire mon bois dans l'azur et l'or. Il portait au creux du bras un panier d'osier, de ceux que sa mère avait laissés. Il l'avait rempli de pommes dont il travaillait, avec son couteau, à ôter les parties gâtées. Il ne restait pas lourd quand il avait enlevé la peau, expulsé le vers et gratté la pourriture. Mais personne n'aurait pu tirer quoi que ce soit de ces fruits tardifs, à demi sauvages, et lui en obtenait de jolis petits morceaux de chair blanche, nacrée, qu'il croquait dans l'après-midi luxueux. J'ai admiré la précision de la main. J'ai été un peu surpris de tant d'application à quelque chose qui, pour moi, n'en valait pas la peine. Plus tard, j'ai compris que j'avais vu un geste, aussi ancien que les mauvaises pommes, que Miette avait confié, avec le panier, à son benjamin. Baptiste avait reçu la propriété et l'emportement qui va de pair. Il ne suivait pas les contours. Il n'avait pas le temps. Il aurait tout avalé, le fruit et ses habitants.

La résistance qu'Adrien opposa aux choses et aux maux et Baptiste à l'ensemble du monde extérieur, qui comporte, en plus des choses, les hommes, leur mère la possédait au suprême degré. A soixante-dix ans, elle poursuivait Baptiste autour de la table après une repartie un peu malicieuse qu'il lui avait faite et sautait, à sa suite, par la fenêtre de la cuisine, dans le jardin où il prétendait lui échapper.

Il y a d'autres images d'elle, mais très peu et aucune ne la montre seule. Après 1910, c'est, d'un coup, le début des années trente, la photo de groupe prise devant la mairie du bourg à l'occasion des noces d'or de ses parents. Je ne l'aurais pas reconnue si on ne me l'avait désignée, à gauche. Ses enfants atteignent l'âge qu'elle avait sur la précédente et Lucie tient son premier enfant dans ses bras. Elle a changé de visage. Je sais bien que cela se produit. On assiste parfois à de ces révolutions tardives, vers quarante ans. Elles vident une figure de sa physionomie pour lui substituer le vivant portrait de la mère ou du père disparus. Seulement, ce que je ne m'explique pas, c'est que Miette, sur cette image, la troisième, ne ressemble ni à elle-même ni à l'un ou à l'autre des vieux conjoints assis au centre mais à ses enfants, lesquels tiennent, sur ce point, de leur père. On dirait qu'elle a troqué le visage qu'elle avait apporté de Rouffiat aux premières lueurs du siècle pour celui des Bordes. Elle a dépouillé les traits merveilleux qu'elle avait reçus d'on ne sait qui ou quoi d'obscur, quand les femmes, de quelque extraction qu'elles fussent, procédaient encore d'une condition imprécise où la bête de somme voisine avec des sortes d'oiseaux ou de singesses étouffées dans la plume et la fourrure.

Il faudrait d'autres photos de la première période ou, mieux encore, de l'époque antérieure, de Miette jeune fille, prises à Rouffiat. Il n'y en a pas. Elle a commencé d'exister, pour les autres, les vivants d'alors et la postérité — et, qui sait, pour elle-même ? —, non pas à l'occasion de son mariage mais après qu'elle eut fourni à la propriété son contingent d'âmes neuves. Peut-être que pour très peu de temps ont subsisté, ensemble, ce qu'elle était — mais qui ne comptait pas, dont on n'a pas cru devoir garder trace — et ce qu'elle venait juste de devenir, la source reconnue et connaissable des forces vives destinées à nourrir le perpétuel, le furieux différend qu'on appelait une propriété. C'est cet instant, cette coexistence fugitive que la photo de 1910 a captés.

Vingt années passent, encore, et c'est maintenant une vieille femme au visage dur, émacié, qu'on surprend dans un coin des images représentant Baptiste portant ses filles sur les épaules ou alors un liseré d'ombre inexplicable dépassant la silhouette épanouie de son fils. Ces versions tardives, un peu plus nombreuses, n'indiquent en aucune manière qu'avec le temps, les gages donnés aux choses, les enfants, le travail acharné, l'épargne élevée au rang de science exacte, Miette aurait gagné en importance, en existence. La floraison relative des photos durant cette période tient, une fois de plus, à l'apparition de nouveaux enfants. La preuve, c'est qu'il n'y a pas trace de Baptiste pendant les sept premières années de son mariage avec Jeanne, qu'ils restèrent sans descendants.

Si Miette figure en compagnie de son mari dans le groupe réuni à l'occasion des noces d'or, c'est sur des rangs différents, séparés par plusieurs personnes. Une seule photo les montre ensemble. Elle a été prise vers 1905. Lucie, qui en est, peut avoir deux ans. Baptiste, de 1904, n'est pas en âge de poser et doit dormir à la maison dans le berceau de cerisier. Les traits du mari, Pierre, sont parfaitement distincts, ceux de Miette indéchiffrables, entièrement effacés, comme si elle n'avait pas de visage, juste un contour que rempliront, préciseront les maternités successives, l'abnégation, le reniement de soi. Elle doit attendre la naissance d'Adrien, l'année 1910, pour devenir visible. Mais c'est alors avec une force, un éclat qui font regretter de n'avoir que cette image d'elle.

Un grand silence enveloppe son époux. Il disparut en 1936. J'ai entendu parler de gens bien plus âgés, morts à une époque antérieure. Je ne me souviens pas que Baptiste ait nommé son père en ma présence. Adrien l'a mentionné une seule fois. C'est lui, Pierre, qui guidait le cultivateur lorsque l'engin accrocha le rocher et dut être redressé à la forge du bourg. Les principaux éléments de son identité sont consignés dans le livret militaire. On peut, à la rigueur, consulter les quatre ou cinq photographies où il apparaît en soldat de 1895 à houseaux et dolman, le poil ras et la tête ronde (deux fois) puis en époux et père auprès de sa femme encore fantomatique puis sexagénaire et près de partir dans l'image de groupe.

On dirait que Miette, en accédant au seuil perceptif, à la réalité, l'éclipse complètement. Il entre dans les limbes dont elle vient d'émerger, en majesté. Pas uniquement dans la mémoire de ce temps, dans l'imagerie réduite, lacunaire et floue et, par là même, significative de ce qu'il fut, de la place des êtres et de leur poids. Non, dès ce temps, lorsqu'il était le support de leurs vies abolies, leur évidence et leur tragédie, le temps.

Pierre quitte femme et enfants pour la guerre. Il en reviendra au début de l'hiver 1919 avec, pour salaire, la somme de six francs et ses effets de soldat. Il en reviendra, pourtant, quand le monstre, là-bas, a mâché, dévoré la moitié des hommes jeunes qui peuplaient le hameau. A chaque maison, il a ravi son lopin de chair fraîche, ici le cadet, là le premier et le troisième des quatre garçons. Des gars qui n'étaient jamais allés plus loin qu'Égletons, à deux lieues, et ne savaient rien du monde sinon que, vraisemblablement, il s'étendait encore passé Égletons. Ils comprirent très vite ce qui les attendait dans ces confins subitement révélés. Ils bénéficièrent, les deux dont je parle, d'une courte permission après les engagements de 1916 et 1917 où leurs régiments avaient été décimés. Avant de repartir, ils firent le tour des maisons, à la façon des gens qui passent présenter leurs condoléances. Mais c'était l'inverse. Ils venaient, de leur vivant, recueillir l'adieu de la petite communauté qui avait formé, pour eux, l'ensemble de l'humanité. Baptiste se rappelait, soixante ans après, leurs derniers mots, murmurés sur le seuil dans le silence profond, actif qui confère aux actes, aux paroles un relief irrévocable : « Tornerei pas. »

Pierre était rentré parce qu'il avait quarante ans et quatre enfants à la déclaration de guerre et qu'on l'avait versé dans le train, après les premiers mois. Toutefois, les équipages entraient dans la zone de feu et jusqu'en première ligne pour y acheminer le ravitaillement et les munitions. On était resté longtemps sans nouvelles, soit qu'il eût omis d'en donner, soit à cause des carences de la poste aux armées. Aux pires heures, on voyait le maire, vêtu de ses meilleurs habits, la mine grave, s'avancer dans la rue principale du bourg vers quelque maison qui avait un homme ou plusieurs au front ou bien partir en carriole pour l'un des hameaux. Et Miette, des mois, des années durant, a dû guetter, dans le silence, dans l'espèce de muette clameur qu'on entend distinctement, le trot d'un cheval, le cliquetis d'un attelage approchant par la route. Ils dépasseraient l'épaule du talus, longeraient le grand pré, s'atténueraient sous les chênes plantés à l'embranchement avant de remplir d'un seul coup, précipiter, faire être l'instant terrible qui fut, plana sur elle comme l'ombre du rapace sur sa proie, tout au long de ces quatre années. On lui renvoya enfin son mari avec sa vareuse bleu horizon, le bidon à deux cornes qui pend à un clou, au grenier, et six francs pour sa peine. L'ombre de l'instant, son vol suspendu au droit de la propriété ne furent pas pris en compte. Le temps se remit à passer jusqu'en 1936 que Pierre s'éteint.

Ça, c'est ce qu'établissent l'état civil, le contrat de mariage en bonne et due forme passé devant notaire. Ce sont les faits, la réalité, si l'on veut, à condition de la regarder, la réalité, comme quelque chose qui, parfois, par endroits, ne s'accomplit et persiste qu'à l'encontre des souhaits les plus fervents que l'on formait. Si l'on prend ces derniers pour principe d'appréciation, ce qui s'est réalisé devient la mort de l'espérance qu'on a eue, la négation de la vie qu'on aurait voulue.

Le silence des enfants autour de leur père, la ténèbre où celui-ci est enseveli, j'ignore s'ils tiennent à sa personne, au rayonnement de leur mère, qui aurait éclipsé n'importe qui, des très beaux, des puissants, ou s'il ne se pourrait pas qu'ils expriment, à leur manière, leur réprobation. Parce que voilà. Lorsque le mariage fut conclu entre les parents de Pierre et ceux de Miette, on ne s'inquiéta surtout pas de savoir si les promis n'auraient pas déjà quelque autre inclination. La dot s'accordait merveilleusement avec la propriété qu'elle allait accroître. Les réserves que la jeune personne émit sur un choix pour lequel on ne l'avait pas consultée se perdirent dans la solitude et les bois environnants. Ils auraient pu y rester. Mais elle répéta devant témoins ce qu'elle avait d'abord dit aux siens quand ils lui avaient fait part de leur sentiment puis aux arbres et aux rochers : non. Les témoins s'empressèrent donc de dire, crier, plus fort qu'elle, que c'est oui qu'elle avait dit et l'on fit comme si, avec tout ce qui s'ensuit. Le mari, puisque enfin c'était écrit, était là, par la force des choses. Il avait entendu non. Il avait peut-être dit, crié oui, avec les autres. Et c'est peut-être pour ça que ses enfants ne firent pas état de lui, abandonnèrent sa mémoire aux agents impersonnels

38

de l'état civil ou de l'autorité militaire, lesquels ne regardent pas à ces détails.

On sait peu de chose de celui que Miette avait regardé favorablement. Il était borgne mais j'ignore s'il l'était déjà ou si c'est par la suite qu'un accident le priva d'un œil. On profita de ce qu'il faisait son service pour marier Miette contre son gré. Comme il est peu probable qu'on l'ait enrôlé avec une pareille infirmité, c'est sans doute un peu plus tard qu'il fut éborgné. On passait alors trois ans en caserne. On ne rentrait pas. Les transports étaient peu développés. On évitait la dépense lorsqu'elle n'était pas dictée par la nécessité matérielle, la seule, en fait, qu'on tînt pour une nécessité. Le borgne, appelons-le ainsi, rentra un jour que l'on travaillait aux champs, en juillet ou en août. Miette y était, parmi d'autres, qui ont vu. Elle le vit qui venait à pied par la route blanche, après trois ans, et courut à lui, criant, pleurant et se tordant les bras de désespoir. L'autre comprit. Il disparaît complètement. Les années passent, ce qu'on appelle la vie, la réalité. Les enfants sont devenus des adultes. Ils ont des enfants. Miette a changé de visage. Pierre est mort. Je n'ai pas idée de l'âge qu'ils pouvaient avoir lorsque le borgne est revenu. Là, il était vraiment borgne. La moitié du monde, pour lui, avait sombré dans la nuit. Il aurait proposé à Miette de partager le peu que la vie leur avait laissé, un œil, d'un côté, et, de l'autre, j'imagine, rien que cette présence, clarté qui survivaient seules aux années mortes, à la beauté perdue, à la réalité. Et Miette aurait répondu non. Il était trop tard, maintenant. Ce serait pour une autre vie.

Qu'elle fût partie prenante, elle aussi, de la négation, violence aveugle, cruauté qu'on appelle réalité, cela va de soi. Elle ne fut admirable que pour l'avoir acceptée après avoir, d'abord, refusé. La détermination qu'elle opposa aux forces qui écrasaient sa volonté, elle l'employa au service des mêmes forces parce qu'il y a une chose que ce monde, le sien, ne souffrait point et qu'elle n'aurait jamais conçue : de vouloir encore à l'encontre des faits, de préférer le possible anéanti à ce qui était réalisé.

Elle met au monde ses quatre enfants. Elle prend figure — la sienne, une seule fois, comme une ultime concession à sa vie d'avant, à la possibilité perdue, comme un dernier défi à la réalité —, puis emprunte le visage de ses enfants qui ressemblent à son mari. Elle travaille avec acharnement à l'entretien de la propriété, au croît du bien, ne laissant rien perdre, ni un clou ni un fil ni une miette. Quatre années durant, seule, elle s'efforce de tenir en main plus de cent hectares de terre, les valets de ferme, les quatre gosses qu'elle a sur les bras et ce cliquetis d'attelage qui va retentir sur la route, diminuer sous les chênes pour éclater à l'entrée du chemin. On ne l'aperçoit jamais du premier coup sur les photos à bord dentelé, sépia, puis noir et blanc, qui furent prises ultérieurement. Puis on découvre sa silhouette dans un coin, en retrait, ou bien une ombre étroite, inexplicable débordant d'un côté de Baptiste. C'est elle.

Elle traita Jeanne, qui était bien l'être le plus candide et droit que j'aie connu, avec une cruauté où la jalousie et l'incompréhension entraient sans doute à parts égales. La distance, mesurée en kilomètres, pour ne pas dire en hectomètres, fournit une bonne mesure de l'incompréhension qui séparait et, le plus souvent, opposait deux êtres. Ce n'est pas que Jeanne ait été étrangère. Elle était née un peu par hasard à Paris où son père était employé à la Compagnie du gaz. Mais celui-ci était originaire d'un village distant d'à peine vingt kilomètres. A l'automne 1914, il y renvoya, pour les mettre en sûreté, ses deux filles âgées de dix et onze ans. Elles entrèrent à l'École normale de Tulle où Jeanne fit la connaissance d'Octavie, sa cadette de trois ans, qui deviendrait sa belle-sœur deux décennies plus tard. Elles furent ensuite nommées aux frontières du département où Jeanne exerça avec une probité qui la plaçait au-dessus ou à part de notre condition. Berthe, plus sensible aux prestiges et aux signes d'une certaine civilisation urbaine, se rapprocha de la préfecture où elle prit la direction d'une école primaire.

Une chose est sûre : c'est qu'Octavie fut l'instigatrice du mariage tardif, inespéré, que Baptiste et Jeanne contractèrent en 1940, à l'âge de trente-six ans. Jeanne enseignait tout près, à Ambrugeat. Son époux la rejoignit, au soir des noces, avec pour tout bagage un énorme édredon rouge au prétexte que l'endroit était mal exposé. Quant au reste, il l'avait laissé à la maison où il avait son travail et sa mère. Celle-ci, veuve depuis quatre ans, semblait mal disposée à le céder à une étrangère. Il était le premier des garçons, le bras et le cœur de la propriété, et il lui était certainement agréable, à Miette, d'avoir, par lui, la haute main sur elle, la propriété, sans préjudice de l'intérêt particulier qu'une mère trouve à garder ses enfants près d'elle. Ça faisait quand même trente-six ans qu'elle élevait l'animal. Il n'en faut pas tant pour créer des liens. Là-dessus, la guerre est déclarée. Baptiste est destitué de ses fonctions de maire puis fait prisonnier. Jeanne, dont l'âme est limpide et républicaine, est mutée d'office dans un trou qui, par extraordinaire, n'est séparé de la maison que par le sommet des Plates — trois ou quatre kilomètres à vol d'oiseau. Elle vient donc habiter chez sa belle-mère. Baptiste les rejoint après un rapide séjour derrière des barbelés. Jeanne franchira chaque matin les hauteurs couvertes de bruyère et de genêts qui la séparent de la petite école. Quand la neige s'en mêle, son mari, armé d'une pelle, lui ouvre un chemin jusqu'à l'autre côté.

Mais ce n'est pas de ça, pas encore, que je veux parler. C'est de Miette et Jeanne. Elles occupaient, à une génération d'intervalle, la même position. Elles venaient, l'une et l'autre, des environs immédiats si l'on néglige le détour initial qui avait entraîné Jeanne jusqu'à Paris. Mais, pour le reste, elles s'opposaient en tout. Le borgne, la douleur faite à une fille de vingt ans qui savait ce qu'elle voulait, l'immense désespoir sur la route, tout ça n'affectait en rien la conviction de cette fille que le mieux qu'elle pût faire, devenue femme et mère et maîtresse de maison, c'était de l'être autant qu'il fût en elle. Elle y avait mis l'invincible résolution dont elle était capable puisque l'autre terme de l'alternative — la possibilité d'y penser, la pensée de sa possibilité — étaient exclus, qu'il n'y avait pas, pour elle, d'alternative. Les choses l'avaient déterminée au rebours de ce qu'elle avait pu imaginer, vouloir en ce qui la concernait, aimer, toute sa vie durant, sans doute, et c'est à ce titre qu'elle fut exemplaire, l'âme d'un monde millénaire sur le point de finir. Il exigeait d'elle qu'elle répudiât son vouloir quand il n'épousait pas spontanément la volonté commune, la loi des choses, et elle voulut. Elle accepta.

Le malentendu naquit à la seconde où Jeanne entra et s'éteignit trente ans plus tard, avec Miette. Jeanne était rieuse, très bonne, primesautière, sans l'ombre d'une ombre. Quelque chose de l'enfance, de son inaptitude au calcul et au soupçon, persistait, en elle, et se voyait, l'enveloppait d'un nimbe, comme une lampe. On pouvait la meurtrir aussi aisément qu'un enfant. Mais elle avait le courage des enfants. Ils ne tiennent à rien de ce que nous avons la faiblesse de juger important, très considérable, les choses, l'idée qu'on se fait de la sorte d'existence qu'elles semblent nous procurer et qu'on a tant de mal, ensuite, à quitter. Elle exerçait son métier avec l'intégrité de ces normaliens tirés du pays même, de la paysannerie auxquels on les rendait, quatre ans après, pour y faire germer et fleurir, avec les règles de la grammaire et du calcul, la notion du général, l'idée de l'universalité. Elle ne chercha jamais à tirer avantage de ses connaissances parmi des gens qui, Octavie exceptée, avaient quitté l'école à quatorze ans, parlaient patois entre eux et, pour Miette, du moins, se souciaient peu de ce qui se passait dans le monde aussi longtemps que ça ne menaçait pas de ralentir à l'embranchement et de prendre le chemin, sous les chênes, dans un cliquetis d'attelage ou de chenilles. Et c'est bien ce qu'on lui reprochait, son indépendance, son absence de hauteur ou de mépris, lesquels concèdent encore qu'ils existent à ceux que l'on tient à l'écart, sans quoi on s'épargnerait la peine de les mépriser. Ce fut la source de la jalousie dont Baptiste était dévoré. Il avait assez de discernement pour voir Jeanne telle qu'elle était, sans ombre ni arrière-pensée, libre des attachements, des servitudes passionnées qui imprimaient à sa conduite sa hâte et sa fureur, sans fard quand il faisait face aux choses, dominées, invisibles presque, derrière l'urbanité, lorsqu'il était mêlé aux hommes. Ce fut et resta pour lui, toujours, un très grand mystère que Jeanne, penchée sous la lampe et corrigeant ses cahiers, indifférente aux arbres sans nombre qu'il abattait de l'aube à la nuit tombée pour les replanter le lendemain, à l'augmentation — quelque chose comme 1,5 % l'an — de son bien, à l'importance qu'il estimait en retirer, lui qui ne distinguait pas entre les choses et lui. Il était le fils de sa mère. Il appartenait à l'endroit. Il fut l'endroit fait homme, comme elle avait été la femme qu'il avait fallu, à un moment donné, à cet endroit. Il ne pouvait croire qu'on s'y établisse et respire sans abdiquer, dans l'instant, ce qu'il ne réclamait point, en devenir possesseur et possédé, l'esclave, le maître, ce qu'il était assurément. Toute autre que Jeanne le lui aurait accordé mais pas elle qui avait gardé une âme enfantine. Elle regardait les travaux de son mari pour ce qu'ils étaient un peu, des enfantillages, des jeux, aussi violents et forcenés qu'on les voudra. Ils n'ajoutaient ni n'enlevaient rien à la tendresse profonde qu'elle avait pour lui. Elle le soignait avec l'inquiétude qu'un enfant inspire lorsqu'il rentrait harassé des bois, le soir, et même, un jour, bien plus tôt, le visage déchiré, couvert de sang, quand la tronçonneuse, qui feulait comme un tigre, le toucha de sa griffe au visage.

Une dernière chose, encore, avant d'en revenir à Miette, à l'hostilité pure que, femme, elle marqua à Jeanne : Jeanne était venue sans dot. Sa richesse n'existait pas en dehors d'elle. Elle n'avait pas amené des pièces d'or ni, sur une charrette, les armoires du temps de Louis-Philippe dont je me demande comment ils ont bien pu leur faire gravir l'escalier, les introduire dans les chambres. Il est vrai que les choses obtenaient d'eux ce qu'elles voulaient. Ils étaient les choses mêmes. Ils exécutaient leurs quatre volontés. Ils auraient soulevé des montagnes. Elle avait apporté ses livres, les quatre toiles de Cottin représentant pour partie le monde familier, les charrettes regagnant le village et, pour partie, celui qui existe sans réclamer tribut, la pêche en barque du dimanche après-midi ou, mieux encore, l'océan sous la lune qui ne demande qu'une contemplation paisible et désintéressée. Elle n'avait pas, comme sa belle-mère, à vivre de rien, à prendre debout, dans un coin, de furtifs repas pour se croire autorisée à rester, à respirer l'air de la maison, du jardin attenant et celui, d'une qualité différente, plus lourd, chargé d'effluves et d'augures, des grands bois voisins. Elle avait un revenu personnel. Il n'était pas le fondement de son indépendance ni de l'empire que celle-ci lui valait d'exercer sur son furieux d'époux. Il s'agissait plutôt d'une preuve extérieure et, en tout état de cause, de son imprescriptible garantie.

Sa belle-mère jugeait très exactement de tout cela. On n'embrasse pas, comme elle le fit, sa destinée sans être à même de vous sonder, soupeser, circonscrire de la plante des pieds à la racine des cheveux avant même que vous n'ayez, selon l'expression indigène, « achevé d'entrer ». Mais sa force avait une limite, celle qui constitue toute détermination. Dans le même temps qu'elle discernait les vertus de Jeanne et jusqu'à cette lumière qui l'auréolait, elle reconnaissait en elle ce qu'elle-même avait dû refuser : un vouloir autonome, à quoi s'ajoutait le dépit de voir jaloux, dépité, celui qu'elle avait eu pour elle seule jusqu'à trente-six ans et qu'elle comptait sans doute garder jusqu'à son dernier souffle. Bref, elle ne désarma jamais. Elle n'eut pour Jeanne que paroles blessantes et silences réprobateurs. Elle s'ingénia à attiser la jalousie de Baptiste lequel, en digne fils de sa mère et du lieu et de l'heure, n'était que trop enclin à la laisser flamber. Lorsque Jeanne, à la Libération, fut nommée au bourg et qu'ils s'installèrent, tous deux, dans l'appartement de fonction de l'école, Baptiste, par nécessité, mais par goût, aussi, continua de passer le plus clair de ses journées au hameau, près de sa mère. Il lui apportait ses chemises auxquelles un bouton manquait, ses habits malmenés, percés, qu'elle ravaudait avec quelques appréciations dépourvues d'aménité sur le ménage de sa bru. Il est arrivé, m'a-t-on dit, que ce genre d'observations se pratique en présence de Jeanne. Celle-ci, bien sûr, n'était pas continuellement, comme Miette, à veiller à tout et au plus petit détail. Mais elle enseignait six heures par jour dans une école de campagne, faisait quotidiennement des prodiges pour nourrir, avec vingt centimes, les enfants des fermes qui mangeaient à la cantine après quoi, jusque tard dans la soirée, elle vérifiait les cahiers, corrigeait les devoirs et préparait la besogne du lendemain.

46

Elle accepta, chaque dimanche, de quitter l'école, son appartement, la paix qu'elle y trouvait pour monter déjeuner à la maison, au hameau. Elle devait trouver à ces repas de fête un goût très amer, entre sa belle-mère et Octavie. Celle-ci, outre qu'elle ne se gênait pas pour faire savoir qu'elle savait des choses — ce qui était vrai — s'était précocement posée en vestale de la famille. Elle s'entendait à donner un tour explicite à la passion, laconique chez sa mère et, chez son frère, tempérée de civilité, qu'elle partageait avec eux. Il dut falloir à Jeanne toute la bonté native de son cœur et le désintéressement qu'elle professait pour survivre à l'hostilité de Miette, au dépit amoureux de Baptiste et aux réflexions cruelles d'une belle-sœur qui faisait métier de former les instituteurs et oubliait souvent de se départir, en privé, de la sévérité quinteuse des examinateurs.

Miette avait disparu quand je vins, au printemps, officiellement. Mais on s'est vus, trois ans plus tôt, le soir du jour de décembre qu'il neigeait tant et que j'arrivais de l'autre bout du département avec des petites chaussures et des habits de gandin. Ce qui se passe, parfois, nous dépasse infiniment. On ne comprend rien au rôle qu'on va jouer. On n'a aucune idée de ce qu'on atteint, sollicite ou qui, à notre insu, nous meut, dirige les actes téméraires qu'on se surprend à esquisser, enchaîner sans qu'il semble qu'on y ait de part. Tout ce qu'on peut faire, c'est de rester à peu près à l'endroit qu'ils délimitent, de les accompagner dans leur progrès, dans leur déplacement sans égard à ce qu'ils peuvent bien signifier puisqu'on ne comprend pas. On ne comprendra peut-être jamais. On n'a pas l'âge ou le temps. Ce n'est pas le moment. Il n'est pas très important que nous sachions. Il vaut peut-être mieux ne pas. On ne ferait jamais ce qui nous incombe si l'on savait ce que l'on est en train de fabriquer. On choisirait sans hésiter l'autre terme de l'alternative, la possibilité toujours ouverte de renoncer, de s'abstenir. Ça va même plus loin. Après, quand on a récupéré ses actes, ses paroles, que c'est un peu les nôtres, on se méfie de l'épisode tourbillonnant où ils nous devançaient, où l'on tentait désespérément de les suivre. On n'est pas sûr qu'ils aient eu lieu. Il pourrait s'être passé tout autre chose que ce que l'on croit, maintenant. Il pourrait ne s'être rien passé si, quand même, l'endroit où l'on émet cette supposition n'était le même. C'est que le temps a passé. Il a fini par paraître normal, presque naturel qu'on y soit.

Donc, je sortais du dehors. J'étais assis sur l'extrême bord d'une chaise en cerisier, près de la porte. Je n'arrivais pas à me réchauffer. Mais le froid, à y réfléchir, c'était comme les mots, les gestes, à la périphérie qu'il tournoyait. Au fond, je n'avais pas plus froid que je ne parlais, bougeais. J'essayais de coller à la sensation de froid comme aux paroles qui flottaient près de moi et puis s'évanouissaient à la façon de la neige où j'allais replonger. Je ne sais pas combien de temps avait pu s'écouler. Soudain, la porte de l'arrière-cuisine s'est ouverte. Une ombre, une vieille femme vêtue de noir, pour autant que j'ai pu en juger, a glissé jusqu'à l'autre porte, qui ouvre sur le corridor où elle a disparu. Cette silencieuse apparition a duré environ trois secondes. C'était Miette.

III

Quatre années seulement séparent Lucie (1903) d'Octavie (1907). Mais un véritable abîme s'est creusé dans ce bref intervalle. Sous la surface des jours toujours semblables, le temps, sa substance ductile, impondérable a subi une altération profonde, irréversible. C'est peut-être en 1904, à la naissance de Baptiste, que le grand mouvement effleure sans que nul, encore, ne s'en aperçoive, la vie des hauteurs. Comme elle tirait sa vigueur de la séparation, sa particularité d'être un tout à elle-même, elle reçut du premier contact avec ce qui n'était point elle le germe de la destruction.

Quelqu'un, Miette sans doute, a posé sur le manteau de la cheminée, au bureau, un cadre contenant les portraits, en médaillon, de ses quatre enfants aux abords de leur vingtième année. Les garçons portent l'uniforme, les filles des robes claires. Ils se ressemblent deux à deux, selon l'ordre chronologique : Lucie et Baptiste ont même visage et l'embonpoint qui prit, chez ce dernier, dans sa maturité, un tour impressionnant. Leur père avait cette physionomie, cette largeur. Octavie et Adrien tirent du côté de

Miette. Ils sont minces et maigres de visage. A ce stade-là, rien n'indique qu'ils soient frères et sœurs, tous les quatre. Octavie et Lucie ont conservé, respectivement, leur type initial. Ajouté à cela que la première est devenue l'épouse d'un paysan des environs, la seconde professeur de mathématiques en restant célibataire et on aura du mal à les regarder pour ce qu'elles étaient : deux sœurs nées à moins de quatre années de distance au même endroit.

Mais avec l'âge — ça, je l'ai vu — et, plus exactement, après la mort de Baptiste qui, lui, n'a jamais changé, Adrien s'est mis à lui ressembler au point que, parfois, quand il était là, devant moi, c'était étrange, terrible même. J'étais occupé à faire chose ou autre, en force, vu que les choses, là-haut, sont dotées d'une ténacité, d'une mauvaise volonté qui obligent, même pour des travaux de précision, à peser de tout son poids, à mobiliser toute son énergie, relevée, s'il se peut, d'une pincée de fureur. On est loin. On s'est enfoncé au cœur du vieux différend, parmi les éclats de bois, le fracas, les gerbes d'étincelles. Puis il y a quelqu'un derrière le bruit, les copeaux et la fumée. Il faut revenir des confins tumultueux où l'on s'était porté et ça fait du pays. C'est quand les choses, avec l'absence, en eurent pris à leur aise, le bois entrepris de pousser, dehors, et de se piquer, dedans, le fer de rouiller et que je dus m'en occuper, mal, comme je pouvais, c'est alors que j'ai apprécié la distance que Baptiste parcourait en un éclair, les visages contraires qu'il se composait, instantanément, selon qu'il était tourné vers les hommes ou s'éloignait d'eux pour revenir aux choses. Il avait la puissance, la carrure, l'habitude, celle qu'il avait acquise et celle qu'il avait dans le sang, qu'il tirait du lieu, du temps. Il devait être capable, pendant qu'il se colletait avec des hêtres qui avaient trois fois son tour de taille, de penser à autre chose, aux hommes, qu'on ne traite pas comme des arbres. Il était partout à la fois, ainsi que l'exigeaient les circonstances, même si c'était un peu plus d'un côté et un peu moins de l'autre, et inversement, suivant que, par exemple, il tronçonnait au pied des brutes de cinq et dix tonnes ou qu'il célébrait, vêtu de son plus beau costume, quelque mariage, à la mairie.

Quand on n'est pas de là, on ne peut pas. On n'est qu'avec les choses. On est dedans. On a perdu jusqu'à la notion des hommes, des vivants et des morts, et c'est ce qui s'est produit à plusieurs reprises. Je suis sorti, béant, du bruit, des étincelles et j'ai connu, l'espace d'une seconde, peut-être, ce qu'on passe le plus clair de sa vie à continuer de vouloir en sachant parfaitement que c'est impossible, fou : que reviennent d'entre les ombres ceux que nous avons connus et que nous aimions. Voilà ce qui est arrivé, vers la fin, quand Adrien survivait seul à ses frère et sœurs. Je levais le nez. Je devais avoir l'air dur, le rictus pétrifié que nous font la pierre, le bois et le fer et Baptiste, penché vers moi, me saluait, dans le silence revenu, avec la voix de Baptiste.

En fait, je n'avais pas tout oublié, dans ces extrémités où je m'étais jeté. J'avais emporté quelques souvenirs, leur marque principale qui est, si l'on veut, un trait imperceptible, une petite croix tracés à proximité de l'image de ceux dont on se souvient. Je savais que Baptiste était mort. C'est pour ça que, une seconde durant, un bonheur monstrueux et qui, sans doute, serait insupportable, s'éveillait, me submergeait de le découvrir devant moi, vivant. Puis Adrien le remplaçait mais pas tout à fait. Il me semble que, dans nos derniers entretiens, devant l'atelier, au pâle soleil d'hiver, c'est à eux deux que je m'adressais, sous les espèces d'une seule et même personne.

Donc, Lucie et Octavie présentaient si peu d'affinités qu'elles auraient pu appartenir à deux familles différentes. Mais Octavie ressemblait beaucoup à Adrien que j'ai parfois, sur le tard, il est vrai, confondu pendant une prodigieuse seconde avec Baptiste, lequel n'a jamais cessé de se ressembler à lui-même et avait, au masculin, tous les traits de Lucie.

Un destin classique emporte ceux qui ont vu le jour avant 1904. Lucie, étant la première fille, fut la dernière à se marier dans un rayon d'une lieue. Elle entra comme bru, comme sa mère, dans une ferme à laquelle elle fournit son lot d'enfants et sa part de peine, c'est-à-dire chaque instant de sa vie. Elle obtint, en échange, quelque chose comme le droit d'être là, d'occuper le coin exigu qu'on allouait aux brus, même lorsqu'elles étaient un peu rondes, comme Lucie. Il était déjà trop tard pour que je m'en assure par moi-même. Mais on me l'a dit et les photos témoignent. Miette, quand elle n'était pas encore, pas seulement une frange noire, insolite, sur le bord de Baptiste, qu'elle vivait, ne mangeait pas à la table où on recevait les invités. Elle prenait rapidement quelque chose, très peu, debout, dans un angle, sans que jamais personne ait eu besoin de lui notifier que c'était là sa place. Elle l'avait toujours su.

52

Il ne lui vint pas à l'esprit qu'elle pourrait s'asseoir ni s'attribuer de la nourriture, un repos qui soient en rapport avec la contribution qu'elle avait fournie. Elle n'aurait pas accepté d'occuper le rang qui lui revenait si, d'aventure, ce monde avait été régi par des principes d'équité pour ne rien dire de la loi du mérite. Elle savait ce qu'elle valait ou, du moins, ce qu'elle faisait comme, à vingt ans, elle avait su ce qu'elle voulait. Mais de même qu'elle avait passé outre à son vouloir propre, choisi la nécessité, de même on lui aurait fait violence en prétendant la mettre au centre, pour les photos, ou l'asseoir au haut bout de la table, même après que Pierre eut disparu et qu'elle devint ce qu'elle n'avait jamais cessé d'être depuis qu'elle était arrivée avec sa dot et les grandes armoires : la maîtresse du lieu.

Lucie, parce qu'elle était née un an trop tôt, calqua son existence sur celle de sa mère. Elle était, à la fin de sa vie, cassée en deux par les travaux de ferme, comme incapable de reprendre une stature normale après avoir donné ce que l'état de bru réclamait des femmes nées avant 1904. La part qui lui revenait était si réduite qu'elle vendit des œufs, en cachette, pour élever ses filles. Son mari — autre Pierre —, mais grand et maigre, lui survécut. Il avait son âge. Il subit, partant, la destinée de son temps. Il fut catholique pratiquant, maintint à l'identique la propriété dont il avait hérité et s'éteignit à quatre-vingt-dix ans, quelques mois avant Adrien. Ses parents avaient eux-mêmes vécu fort longtemps. Ils n'avaient pas peu contribué à enfermer Lucie dans les limites étroites auxquelles le mariage réduisait les jeunes femmes.

Il se peut que les événements, les grands, aient

accru la place que Miette a occupée et qui contraste si fort avec son effacement physique délibéré. On n'est pas quatre années, seule, à tenir un monde à bout de bras sans bénéficier de l'autorité sur ce monde. Il y avait aussi ce non qu'elle avait dit, pour commencer. Sa vie, ses actes équivalent, par la suite, à un assentiment sans réserve. Mais on peut supposer qu'à l'instar de Baptiste, plus tard, elle fut double et divisée par la force des choses. Elle s'y prêta pour n'avoir pas voulu penser qu'elle pourrait choisir le contraire, préférer le terme qui rend toute situation alternative, rien, plutôt que ce qu'elle refusait. Mais elle ne s'est pas rangée aux lois humaines, pour autant qu'elles furent distinctes de la nécessité matérielle. On ne la voit pour ainsi dire pas sur les photos en compagnie de son époux. Et lorsque c'est le cas, qu'ils figurent l'un et l'autre dans l'image du groupe, ils sont séparés. Pierre — le sien — disparaît prématurément en 1936 et quoique Baptiste soit déjà investi du soin de la propriété, elle en est la régente et l'âme cachée. Il se peut aussi, pour ce qui la concerne, qu'elle n'ait pas eu besoin des quatre années de guerre ni que la mort enlève son mari avant l'heure pour lui permettre de briser l'oppression où, curieusement, elle avait laissé sa personne physique si l'on en croit ces photos qui ne la montrent point ou alors si peu que c'est par hasard, par déduction qu'on s'avise qu'elle est là. L'image originelle, le cliché de 1910 où elle accède, pour la première fois, à l'existence est là pour témoigner. Sa présence sourd, jaillit littéralement de l'image, du temps aboli qui la montre impérieuse, belle, parmi ses quatre enfants.

La ressemblance extérieure entre Lucie et Baptiste se doublait d'une aménité qui accusait encore l'opposition des sœurs. Octavie était un vrai fagot d'épines, Lucie quelqu'un d'affable, fertile en histoires naïves, comme les paysannes, dit-on, en racontent volontiers. Elles n'étaient jamais si amusantes que lorsqu'elles avaient pour sujet quelque figure du spectacle ou de la politique dont elle connaissait l'existence par les journaux. Elle débitait en patois des anecdotes teintées, pour elle, de merveilleux sans que les rires, un peu railleurs, parfois, qu'elle déclenchait la troublent le moins du monde. Elle avait été une fois pour toutes vouée à prendre son parti de ce qui était, à commencer par ce qu'on l'avait faite. Et si étrangère qu'elle se sentît à ces gens de Paris au ton ampoulé, aux paroles captieuses, elle n'a jamais vu l'indécence qu'il y avait à s'exhiber comme ils faisaient, elle à qui on avait prescrit l'ombre et le sacrifice. Pareillement, elle assista chaque dimanche à la messe en latin et disait, âgée déjà, sa déconvenue lorsque l'office fut célébré en français. Quelque chose dont le sens lui était demeuré impénétrable venait de lui être révélé. Elle savait, enfin, ce que ses mots voulaient dire. Mais telle était sa conviction qu'elle était née pour l'ignorance et la servitude que ces lumières furent pour elle une désolation.

Il est possible qu'en suivant les traces de sa mère et de toutes les femmes, avant elle, elle ait perpétué la figure de son père. C'est une simple supposition de ma part. Aucun des trois autres enfants n'a cru devoir parler de lui, sauver sa mémoire et Lucie était celle que j'ai le moins connue, d'abord parce qu'elle habitait de l'autre côté du bourg, ensuite parce qu'elle vivait dans l'ombre de son mari. Le peu de fois que je leur ai rendu visite, c'est Pierre qui m'a fait la conversation. Lucie surveillait les gâteaux qu'elle avait mis à cuire, disposait sur la table, avec peine, les tasses et les couverts, pour le thé. A supposer donc que Pierre — l'autre, son père — ait été le garçon débonnaire dont elle perpétuait, sans savoir, les traits, j'imagine assez bien ce qui s'est passé, en ce jour de 1901 ou de 1902 que les deux familles eurent résolu d'unir Pierre à Marie contre le gré de celle-ci. Marie a dit non, donc. Pierre a dit oui ou, peut-être, par pudeur, tristesse, faiblesse, n'a rien dit, laissant à l'assistance le soin de dire, crier que Marie avait dit oui. Voilà nos jeunes gens unis. On sort de la mairie en se frottant les mains. On laisse seuls nos tourtereaux puisque c'est oui qui est écrit sur le papier et qu'on peut compter sur Miette pour accepter ce qui, à la lettre, relève de la nature des choses. Mais on aurait tort de croire qu'il suffit de crier plus fort qu'elle pour qu'elle adopte, intérieurement, l'usage auquel elle se pliera parce qu'il est l'usage. L'heure n'est pas venue où une jeune personne puisse s'opposer corps et âme à la loi qui fléchit les corps et réussira encore à casser Lucie en deux à la génération suivante. Mais il en va autrement pour la partie complémentaire de notre être, l'esprit, la flamme, l'âme, le mot n'importe guère, qui peut toujours, quand le corps a cédé, persister dans son non. Pierre a dû être édifié, très vite. Ça s'est fait, si cela se fit, sans phrases. Ça a dû tenir dans un regard, le premier que les nouveaux époux aient échangé, sur la place couverte de givre ou baignée de soleil. Ce que le gars un peu rond, aux cheveux ras, a lu dans le regard de Miette, c'est, proprement, leur destinée, l'empire que certaines choses comme la vieille terre, les vieilles peines, l'or inaltérable conféraient sur certaines autres d'une essence plus subtile, comme la grâce et le feu, la volonté, la beauté. Et le non que celles-ci, même vaincues, même vendues opposeront d'emblée et jusqu'au bout à celles-là.

Que l'époux, un peu plus tard, ait vu le borgne passer sur la route, sa jeune femme au désespoir ou qu'on le lui ait raconté, c'est sans importance. Il savait. Il a su au premier regard et c'est peut-être la raison pour laquelle, sur la première photo les montrant ensemble, en 1905, il a cet air mélancolique tandis que sa femme, portant Lucie, n'a pas de visage, simplement une tache claire. Il est absent de la seconde, celle de 1910. Et lorsqu'il ne peut faire autrement que de figurer sur le même cliché qu'elle, pour les noces d'or de ses beaux-parents, il se tient à distance respectueuse. A ce moment-là, soudain, elle s'est mise à lui ressembler. Ce peut être par déférence à l'ordre existant, par désir de complet effacement. Ce pourrait être aussi l'inverse. Après avoir signifié à Pierre, d'un regard, que c'était toujours non puis, plus tard, pendant la guerre, occupé sa place à la tête de l'exploitation, Miette pouvait aller jusqu'à prendre la tête, les traits de son mari, non pas en signe de soumission, d'aliénation totale mais comme on s'empare des attributs de la domination, lesquels, parfois, ont l'apparence d'un visage.

Ça s'est peut-être passé différemment. Il n'y avait personne, à la sortie de la mairie, sur la place, pour voir Pierre et Miette et ce que Pierre a vu dans les yeux de Miette. Et s'il y avait eu quelqu'un, il n'aurait rien vu parce que s'il est une chose que Miette possédait, c'était — le jour du borgne excepté — la maîtrise de soi. Ça consisterait à regarder ce qui prétend nous enlever à nous-même, la ruine, la souffrance, le malheur, comme des choses tierces, indifférentes chaque fois qu'il leur prend fantaisie de s'intéresser plus particulièrement à nous. On est d'abord tenté de leur obéir, de faire, de dire ce qui leur plaît, se rouler par terre, hurler, confier à d'autres, en paroles du moins, l'excès de ses maux, l'immensité du préjudice, etc. Mais c'est comme le reste et c'est en cela que Miette s'élevait très au-dessus de son temps, de sa condition. Aux larmes et aux plaintes, elle a préféré l'opposé, le silence, l'impassibilité qu'on lui voit sur les images. C'est pour avoir continuellement maintenu quelque chose — elle-même — hors des atteintes des puissances ennemies, qui sont les mêmes depuis toujours, partout, pour tous, c'est pour ça qu'elle se dessinait, dans l'air où résonnent les paroles, tout près, chaque fois ou presque que j'ai parlé avec un de ses enfants. Il n'est pas vrai qu'il n'y ait plus personne, plus rien après qu'on a cessé de respirer. Certains, en vérité, n'existent pas vraiment quand, pourtant, on peut les voir passer et repasser dans la lumière, entendre ce qu'ils disent. Ce n'est pas eux. C'est rien que ce qu'on n'est pas, les forces occultes, l'enfant qui joue derrière le rideau du temps orné de figures peintes. D'autres, en revanche, sont toujours là quand on les chercherait en vain du regard. Il peut arriver qu'on ne les ait jamais vus ou que ça n'ait duré que trois secondes et qu'on n'ait même pas su, alors, qui ils étaient. Mais l'important ne va pas forcément de pair avec l'agitation, le bruit, ce qui se voit, le temps. C'est parce qu'on tend à les confondre que des tas de gens se montrent beaucoup, parlent d'abondance. Tout l'effet que ça fait, c'est celui d'un rideau dont le vent s'empare ou qu'un enfant agite dans ses jeux. Alors que le silence, quand il est fait des mots amers qu'on a tus, les larmes ravalées, l'absence pratiquée dès le temps qu'on est présent au monde parce qu'on y fut contraint et forcé, c'est le contraire. On en tient compte. On n'agit pas comme on ferait si cela n'avait pas été, n'était plus. C'est pour ça que l'air, la lumière ne sont pas, comme on croit, inhabités, vides mais, parfois, par endroits, vibrants, vivants, chargés de présences éminentes.

Octavie arrive en 1907. Elle apparaît pour la première fois en 1910, comme Baptiste, et tous deux avec une physionomie distincte alors qu'Adrien, sur les genoux de Miette, n'arbore en fait de tête qu'une tache floue. Il n'est pas encore fixé, dirait-on, sur son sort et se cherche un visage. Pas Octavie. Elle tourne à l'appareil un regard noir. Elle a déjà l'air mauvais qu'on lui verra par la suite, sur les photos en petit nombre qui restent d'elles, et qu'elle avait constamment dans la réalité.

Sa chance, si le mot convient, c'est que Lucie l'a précédée pour essuyer l'ombre portée, sur le siècle naissant, des siècles passés et que Baptiste, depuis trois ans, se prépare à jouer activement le rôle qui lui incombe. A supposer qu'il ne soit pas là pour exécuter les desseins des choses et qu'on n'ait pas jugé bon de lui adjoindre Adrien pour suppléer à son éventuelle défaillance, elle se retrouvait, Octavie, dans la situation de sa grand-mère — une autre Marie —, laquelle ne différait guère, à tout prendre, de celle de sa mère. Fille unique et, par suite, dépositaire des choses en peine de bras et d'âmes pour persister dans leur être épais, elle avait vu débarquer de Coissac, à vingt-cinq kilomètres de là, un Jean — le père de Pierre, l'époux de Miette — que son sac d'écus désignait expressément comme l'époux rêvé, ce qu'il n'avait pas manqué de devenir, le rêve en moins. Le bruit a couru que Marie, pas Miette, sa belle-mère, n'était pas du tout d'accord. Ce qui ne l'avait pas empêchée, trente ans plus tard, d'infliger à une gamine de vingt ans, son homonyme, le déni de justice et de tout qu'elle avait elle-même essuyé quand elle avait vingt ans. C'est peut-être pour ça que les filles, alors, on les appelait Marie. Le mot contenait sans doute une allusion à la Mère du Sauveur, à ses sainteté et bénignité, mais il ressemblait un peu, aussi, à des vocables comme Truc, Machin, avec son féminin, Machine, et l'acception que prend ce dernier lorsqu'il est commun — machine. La rumeur ne se propageait guère, alors, au-delà des trois générations qui composent la mince frange des vivants et l'on oubliait encore plus vite un non transformé en oui par la magie de l'écrit. Il suffisait de vingt-cinq ans. De sorte qu'on peut imaginer que, chacune à son tour, les Marie qui se succédèrent ne voulurent pas, d'abord, du Jean, de l'Étienne ou du Pierre qu'on leur avait infligé avant d'imposer celui qu'elles avaient à leur tour porté, engendré à la réincarnation d'elles-mêmes qui le refusait.

Elle se méfie, Octavie. L'œil torve qu'elle coule à l'objectif, c'est ça qu'il voit, suspecte. Elle n'est pas sûre que Lucie va essuyer les plâtres du siècle neuf ni que Baptiste va s'occuper des choses, les contenter ni même qu'Adrien le remplacera s'il venait à faillir. Le temps n'est pas encore venu, loin s'en faut, où l'on peut se bercer de l'espoir qu'on gardera les gosses qu'on a eus. Trente ans plus tard, en 1940, Baptiste et Jeanne auront un Pierre qui ne survivra pas au départ pour la guerre de Baptiste et à la mutation d'office de Jeanne, un des premiers actes du tout jeune État français, à Vichy.

Du haut de ses trois ans, Octavie considère les trois millénaires que le vieux cycle du non et du oui a déjà duré, les choses, les types qu'elles plient à leur volonté et le cœur changeant qu'elles font aux Marie. Elle, c'est non. Il n'y a qu'à regarder son air oblique de 1910. C'est le même que je lui ai vu, plus de soixante-dix ans après, en vrai, peu avant que la mort ne lui rende un visage naturel, ouvert, enfin apaisé. Dans l'intervalle, elle avait mis à exécution le projet qu'elle fomente d'entrée de jeu, derrière sa mine mauvaise. Elle s'était engouffrée dans l'échappatoire qu'on peut, rétrospectivement, déceler à la troisième place, entre une fille et un garçon, devant, et encore un garçon, derrière, et que les trois autres, en agissant conformément aux prévisions, ont maintenue ouverte. Lucie s'est fixée à un quart d'heure de marche de la maison, auprès d'un Pierre, et Baptiste a clairement entendu la grande voix des choses. Il a fait de leur injonction son vouloir. Il leur a pris, pour les leur retourner, les propriétés qu'elles opposent à son action, la ténacité, la rudesse, l'acharnement. Il semble acquis qu'on n'aura pas lieu d'engager les réserves. Adrien hésite. Son frère suffit aux travaux de force. Il acquerra dans les environs l'habileté de main qu'il ira exercer à Paris.

La chipie prend le large. Sa scolarité primaire terminée, au chef-lieu de canton, à deux lieues, elle ne rentre pas au bercail. Elle file à l'École normale de Tulle, distante, déjà, d'une cinquantaine de kilomètres et respire trois années durant l'air délié de la préfecture. C'est là qu'elle fera la connaissance de Jeanne, son aînée de trois ans et sa future belle-sœur. Elle peut, à dix-huit ans, s'estimer sortie d'affaire. Personne ne réussira plus à crier oui à sa place après qu'elle a dit non. Elle sait parler, en français. On lui a inculqué, à l'E.N., cette autorité pédagogique qui, dans la plupart des cas, se communiquait à la personne tout entière, transfigurant telle mince gamine de vingt ans en une force qui va. Elle pourrait. Mais elle n'entend pas s'en tenir là. L'éloignement, les premiers gages de libération ne lui procurent ni sérénité ni aménité. Ça se voit à l'air de chipie, le même, qu'elle a dans son médaillon, sur le manteau de la cheminée, entre Lucie et ses frères en uniforme. Elle est coiffée avec soin et porte une jolie robe blanche. Mais on y regarderait à deux fois avant de lui adresser la parole tant on la sent attachée à n'en faire qu'à sa tête, hérissée de reparties coupantes, de pointes, de l'équivalent, si l'on veut, dans son registre, des clous, coins et fourches dont Baptiste, là-haut, arme sa volonté pour l'imposer aux choses qui lui dictent, en sous-main, leur volonté. C'est pour avoir vu sa mère et sa grand-mère et toutes les Marie subir, en dernier recours, la loi des choses par le truchement d'un type dont elles ne voulaient pas qu'elle juge insuffisants ses premiers acquis. Elle garde l'œil torve. Si l'on suit la direction de son regard, on devine, à près de trois cents kilomètres, des dômes, des reflets roses dans un fleuve, sous la lumière des plaines.

L'animal plein de piquants et de venin s'est recommandé, à Tulle, par des dispositions peu ordinaires pour le calcul. Il n'a rien inventé du tout. Il se range à la tradition millénaire qui prescrit aux femmes de compter et recompter sans cesse. Miette, avant sa fille, a passé ses jours à faire et refaire les quatre opérations, l'addition surtout. Elle devait avoir la soustraction en horreur et n'a pas connu les opérateurs de multiplication que sont les moteurs, l'argent, les livres utilisés par la génération suivante. Elle a accumulé, mais avec quelle attention, quelle rigueur algébrique, des quantités infinitésimales en nombre infini, des fils, des sous percés de cuivre et, à son insu, autre chose encore, que tout l'or du monde ne saurait acheter et qui fait, à soi seul, l'éclat et le prix d'une vie.

Octavie, pour ne pas finir comme sa mère, trahie, vendue à vingt ans et puis condamnée à compter, se met à faire ce que sa mère a fait, à ceci près que c'est dans l'abstrait, loin, en l'absence des bouts d'étain, mies de pain, épluchures, clous rouillés auxquels Miette appliquait les règles de l'arithmétique. Elle file à Toulouse, après les trois années passées dans la pénombre froide où Tulle, dans sa gorge, est en permanence ensevelie. Outre l'ivresse des nombres purs, dégagés des vétilles, des parcimonies où ils étaient restés, jusqu'à elle, emprisonnés, elle a dû connaître une autre joie, celle qu'on éprouve à simplement s'éloigner vers l'ouest pour, ensuite, obliquer vers le sud.

Peut-être que c'est ça, la délivrance. Le reste, l'air mauvais, les mathématiques, le revenu régulier, en argent, qu'on reçoit de l'État, les paroles bien senties que la chipie fourbit, affûte pour les familles féroces qui croiraient lui avoir trouvé un galant, c'est seulement les outils. Ça paraît compliqué alors que c'est très simple, d'une évidence tangible : c'est l'endroit. Dès lors qu'on s'établissait à demeure au-dessus du grand pré, face à la chaîne des puys, à sept cents mètres d'altitude, avec le granit sous les pieds, la brande et les bois autour et le silence posé là-dessus comme une chape, on avait tout le reste, l'inflexible volonté qu'ils dictaient aux hommes, l'oppression que, par leur truchement, ils exerçaient sur les femmes, le calcul d'utilités infimes, le non, le oui, le désespoir, l'inutile fidélité. A quoi il faut adjoindre ce froid, cette inclémence qui ne désarment jamais. On n'en a pas fini avec l'endroit quand on a déraciné la bruyère, égratigné la poignée de terre arable jetée sur l'échine du rocher, jeté bas les chênes gros comme des barriques, les sapins hauts comme des clochers. Il faut encore se garder de la fraîcheur intense qui tombe, même en plein été, dès que le soleil a remisé son dernier rayon. La nuit, en plein jour, se tient accroupie à la lisière des bois. L'automne a ses quartiers permanents sous la futaie de résineux. Nulle vie ne subsiste sous ces voûtes rousses qu'on croirait hypogées. Les bêtes fuient la litière stérile d'aiguilles. L'hiver s'avance, dès octobre, en pays conquis et s'attarde indéfiniment. Il peut neiger en mai, geler en juin. L'ultime effet des choses, après la fureur qu'elles ont tirée des corps et la violence qu'elles ont faite au cœur, c'est la sévérité, le sombre qu'elles insinuent dans l'esprit. Évidemment, on ne se sait point tel aussi longtemps qu'un reflet des lointains n'est pas venu éveiller l'âme à elle-même, à ses clairières, à ses versants heureux, pas plus d'ailleurs qu'on ne se sera vu, connu, pour ce que l'on était, farouche, furieux, exemplaire. Il faudrait envisager le contraire, l'absence pure et simple de ce qui va de soi et alors on n'hésiterait plus. On arrêterait aussitôt. On choisirait l'autre terme de l'alternative. On saurait et on ne serait plus.

Deux éléments, par leur action combinée, ont suffi à imprimer les traits singuliers que l'on voit aux visages : le premier, c'est qu'on était garçon ou fille, qu'on subissait de plein fouet ou par ricochet l'action des choses; le second, c'est le rang qu'on occupait, l'aînesse et ses fureurs, l'indécision du benjamin, l'air oblique des cadettes, du moins après 1904.

Mais un autre élément, contraire, en tempère l'influence, restreint l'éventail des variations, les confine, toutes, dans la moitié haute et sombre de l'humeur. En fait, c'est le même, celui qui impose à chacun sa place et sa conduite, ses vues, son vouloir, son être et son refus de savoir (sinon il ne voudrait pas, il ne serait plus). C'est l'endroit. Je n'ai jamais entendu rire ni parler, sur la hauteur, comme on faisait, librement, par plaisir, entraînement, plus bas, quand le jour décline et qu'on s'attarde dans la douceur du soir. Un froid pénétrant sort des bois, monte du sol mouillé de sources. La nuit se redresse, quitte ses retraites. Le ciel prend une légère coloration verte et glacée. On perçoit nettement l'écho abyssal du silence. C'est ça que tous avaient dans l'âme, aînés et benjamins, garçons et filles, la terre acide, l'ombre des bois, l'inquiétude du soir et, chez Octavie, une floraison drue d'épines et d'ajoncs. Quiconque pousse, aujourd'hui encore, jusque dans ces parages, se sent malgré soi tenu à une subite rigueur, devient sévère et taciturne. On regardait sans indulgence les gens du bas, de la sous-préfecture à qui l'absence d'altitude, la pierre tendre, les creux fertiles, la douceur des jours ont donné un ton facile et abondant, des accents vantards, cette propension à se laisser vivre que l'on suit sans y voir malice lorsque les choses daignent s'y prêter. Mais les gens du haut ignoraient presque qu'il y eût des gens plus bas. Ils ne désiraient pas le savoir. Il ne fallait pas, sans quoi ils auraient refusé de rester les gens du haut.

Ce qu'Octavie découvre lorsqu'elle descend du tortillard qui l'a conduite à Brive pour prendre l'express du Paris-Orléans à destination de Toulouse, ce sont les esplanades éblouies des Causses, les fermes aux toits de tuiles romaines ceintes de vignes et de vergers, le maïs, le tabac, l'exubérance des figuiers et après, encore, Toulouse, la grande ville, une autre vie qui confère à sa détermination originelle, au non inexpugnable qu'elle a opposé, dès 1910, au temps d'avant et aux choses premières, une couleur rose, une épaisseur, une saveur inoubliables. Mais on aurait tort de croire qu'elle va planter là l'œil noir, les piquants qu'elle a pris, d'emblée, à ce qui l'entoure et qu'elle lui retourne pour s'en libérer. Elle débarque avec sa petite malle au couvercle bombé, passe la longue blouse d'interne qui la dispense de frais de toilette et revient à ses calculs. Elle y apporte la vigilance, la constance que Miette, là-haut, y met toujours. Elle pousse si loin le zèle qu'elle se retrouve, deux ans plus tard, à cent lieues, juste, de son point de départ, à l'École normale supérieure.

C'est là, aux portes de Paris, qu'elle a fini par devenir un esprit fort, accompli la possibilité fragile, toute fraîche, contenue en 1907 dans la troisième place pour ce qui serait une fille. Elle se met à fumer, des Balto, qui lui plissent l'œil et ajoutent à son air d'ajonc, apprend à conduire une automobile quand son père attelle encore le cheval à la carriole, s'intéresse à la politique. Pas aux élections municipales et cantonales dont Baptiste fait, au même moment, l'apprentissage mais à ce qu'elle a sous les yeux, à Paris, et ailleurs, encore, au-delà des frontières. Une fois par trimestre, elle regagne les hauteurs, traînant sa malle bourrée de livres, de mathématiques, bien sûr, mais aussi de littérature française et étrangère. D'elle, de ce temps date l'apparition, à la maison, des premiers volumes qui ne soient pas des livres de compte et qui, lorsqu'ils le sont, ne se rapportent pas qu'à d'infimes quantités, aux choses mêmes. C'est dès ce temps, dès l'année passée à Toulouse, au lycée de Pierre-de-Fermat, qu'elle s'intéresse au théorème du même Fermat. Elle y songeait encore, au bourg et se sachant perdue, à la fin de sa vie.

Miette fut la dernière à qui l'on ait raconté des contes, d'avertissement surtout, destinés à mettre en garde les petites filles contre les bêtes, les choses, elles-mêmes. Il en a flotté quelque temps, encore, des échos après que Victor Hugo, Romain Rolland et

Anatole France, ayant pris le tortillard, eurent fait leur entrée dans la chambre verte. La « chasse volante », par exemple, que le diable mène, la nuit, dans la bourrasque, par-dessus les toits et les forêts, à la poursuite des âmes des enfants morts sans baptême ou encore celui des loups dont on entendit très tard la voix sur le plateau. Les petits héros survivaient rarement aux mésaventures où ils s'étaient engagés par légèreté, ignorance ou désobéissance. Lorsque, par extraordinaire, ils en revenaient, c'était stigmatisés, boiteux, perdus de réputation et on les fuyait.

Il est vraisemblable que le retour de la raisonneuse, avec ses Balto, ses petits chapeaux crânes et sa logique pure mit quelque émoi au vieux cœur des choses. De tout le temps qu'elle avait été au loin, à Tulle puis à Toulouse puis à Paris, et d'autant plus qu'elle s'éloignait du vieux temps ou, simplement, du lieu qui avait imprimé à la fuite du temps son cours cyclique, immémorial, elle était restée fidèle à elle-même, à sa place, à la possibilité — à la nécessité — que celle-ci enfermait. Elle avait bûché avec l'énergie qui apparentait l'effort, la peine, le vouloir à des propriétés matérielles, ce qu'à la limite ils étaient en un lieu qui ne souffrait la présence humaine qu'asservie à son despotique vouloir.

Ses études terminées à Paris, elle vit s'ouvrir devant elle l'Amérique. Il faut qu'elle ait mis au calcul abstrait le talent que sa mère consacrait à des riens pour qu'on lui propose, à vingt-deux ou vingt-trois ans, d'aller les parfaire à Berkeley. Cela se passe en 1929, à une époque où l'on ne traverse pas comme ça l'Atlantique. Lindbergh vient à peine de poser au Bourget le *Spirit of Saint Louis* qui a des

allures de grosse lessiveuse en tôle étamée, à rou-
lettes. Les jeunes femmes les plus avancées n'en sont
encore qu'à singer les hommes, à faire les garçonnes.
Il est malaisé d'imaginer le rêve, tout près de se
muer en réalité, que ce mot, l'Amérique, éveilla sous
le petit chapeau du bouquet d'ajoncs à l'œil vindicatif. Il se peut que l'espace d'un jour ou deux, aux
premières heures de l'été 1929, dans Paris, elle ait
été lavée du mauvais qu'elle avait pris aux choses
pour se tailler une issue parmi les hommes et les
choses. Il s'est trouvé des gens de Paris pour croiser
une toute jeune femme que nul n'avait connue auparavant ni ne reverrait jamais, la voir telle qu'il lui
avait été interdit, d'emblée, de se montrer et que la
mort, seule, lui permit de devenir, désarmée, tendre,
apaisée. Le visage que nous ignorons aux êtres chers,
l'étranger heureux qu'ils furent, par intermittence,
seuls des étrangers, des passants inconnus à qui cela
était indifférent l'ont pu connaître. S'il en va ainsi,
c'est précisément parce que les êtres familiers, les
choses de toujours, tout ce qui peut faire de
quelqu'un quelque chose de constant et d'amer se
trouvent au loin, ont cessé, momentanément, d'exister. C'est à Paris, en juillet, qu'Octavie a dû goûter
les deux jours de bonheur pur, d'aménité que le sort
lui réservait.

Ensuite, elle a pris le Paris-Orléans à Austerlitz,
changé à Limoges. Un tortillard l'a déposée, vers le
soir, à la petite gare de Jassonneix. Quelqu'un est
venu la prendre, en carriole, avec sa malle et ce mot
incroyable, presque incompréhensible, qui résonnait
pour la première fois sous le berceau des arbres,
parmi les bruyères et les genêts : l'Amérique. C'est là

que Pierre fait sa troisième et dernière apparition. Elle est aussi malheureuse que la première, le oui cynique ou le silence plein de honte, avec Miette, au mariage, et la seconde, le cultivateur mal conduit faussé sur le rocher. C'est peut-être le même soir, dans l'odeur des foins, de la menthe coupée, des châtaigniers en fleur, à quelques pas de la maison, l'ancienne (la nouvelle est en chantier). Le soleil a disparu derrière les hauteurs de la Marsagne. Le hameau est dans l'ombre mais les puys du Cantal, à l'autre bout du pré, semblent flotter dans la lumière. Le ciel n'a pas tourné au vert. On est aux jours longs, glorieux de juillet. Le froid de la terre, la nuit des bois ont reculé. A peine les pressent-on, en cette heure du solstice où Pierre entraîne Octavie sur le chemin qui garde la chaleur du jour. Miette est restée à l'intérieur. Baptiste et Adrien, épuisés, sont couchés. Ils se sont levés à quatre heures pour faucher le grand pré, profiter de la rosée. Demain, ils reprendront avec des forces neuves et la fureur sombre, intacte, sans laquelle ils ne viendraient jamais à bout de réduire l'opposition innombrable de l'herbe.

C'est non que Pierre dit à moins qu'il ne dise rien, comme il a fait trente ans plus tôt lorsque Miette a dit non et qu'on s'est mis à crier qu'elle avait dit oui. Il écoute sa fille à qui la terre, l'air cru, le silence ont rendu sa mine épineuse. Mais il est possible que, pour un bref instant, elle ait gardé les yeux de rêve, le visage ébloui que des inconnus, le matin même, lui ont vu à Paris. Elle parle à son père de l'Amérique. Il n'y avait pas de mot, pour elle, dans le patois et elle est tout près, soudain, au bout du chemin tiède dont la phosphorescence se dessine jusqu'à l'embranchement, sous les chênes. Il ne dit ni oui ni non, l'homme courtaud, un peu rond, aux cheveux blancs et ras, à la moustache blanche, qu'on voit loin de Miette, aux noces d'or, dans la photo du groupe. Il a un regard vers la maison où dorment les garçons ou vers le bas du bourg, la ferme, un peu plus loin, où Lucie a épousé, comme sa mère, un autre Pierre. Il ne parle ni de Miette ni de lui. Il dit, à voix basse, à la raisonneuse, à l'audacieuse, que c'est quelque chose, l'Amérique, et sa bouche forme le mot pour la première fois. Et c'est justement cette chose qui va finir de détacher Octavie de Lucie, Baptiste et Adrien, c'est-à-dire des choses prochaines qu'ils ont touchées, les derniers (mais nul ne le sait, encore), qu'ils sont (mais ils ne doivent pas savoir car ils ne voudraient pas, ils ne seraient plus).

Un fait est sûr : c'est qu'Octavie n'a rien dit. Elle pouvait. Avec son patois, cet embarras qui lui reste du jour où Miette l'a refusé, sa gaucherie de paysan devant une jeune mathématicienne descendue, le jour même, de Paris, il n'aurait pas pesé lourd, Pierre, si l'on avait disputé. Le premier réflexe d'Octavie consistait à déceler ce que chacun porte en lui de failles et de faiblesses puisque ce sont les choses, le plus souvent, qui nous font ce que nous sommes et qu'elle avait eu à se frayer une issue dans leurs fissures. Son père en portait le poids et l'iniquité. C'est même pour ça qu'il était son père. Elle le savait mieux que lui. Elle aurait pu le lui rappeler, le planter là, muet, les bras pendants, sur le chemin, rentrer à la maison où Miette travaille encore à préparer le repas du lendemain, pour les moissonneurs, reprendre, sans un mot, sa malle qu'elle n'avait pas ouverte et repartir comme elle était venue, par la gare de Jassonneix, pour l'Amérique. Peut-être que c'est elle qui aurait démontré, là-bas, le théorème de Pierre de Fermat. Peut-être 'que la fidélité que son père lui réclamait, le soin des choses, elle les aurait appliqués à des grandeurs qui en valussent la peine, les barils de pétrole, les champs du Middle West qui iraient du bord du pré au sommet du Puy Marie et continueraient derrière, les dollars par milliers. Ce à quoi Miette n'avait cessé un seul instant de s'employer, elle l'aurait repris avec juste une modifi-cation d'échelle.

Elle est debout sur le chemin sablonneux qui l'a vue partir pour Tulle, Toulouse, Paris et touche, maintenant, au Nouveau Monde ; elle n'a qu'un mot à dire, dans le silence de la nuit. Pierre est seul, vieilli. Il n'y a personne pour crier oui, le bloc des deux familles complices se faisant la voix des arbres et des rochers, de la terre, leur tyrannie aveugle, l'écrasante volonté qu'ils opposent à toute espèce de dessein qui ne procéderait point d'eux. Ce sont les choses qui s'adressent sans intercesseur à Octavie, par-dessus les hommes car ceux-ci — elles le savent — ne sauraient désormais la fléchir, l'empêcher. C'est la clarté du grand pré à moitié fauché dans la pénombre, la masse obscure des bois, le tintement de la source, le silence de Miette, derrière les car-reaux, sous la lampe à pétrole. Il se peut qu'elle ait dit, murmuré oui à l'autre plein de honte et qui n'ose la regarder. De toute façon, il fait trop sombre pour qu'il voie son visage, la délivrance, la paix nées d'hier et qui, déjà, la faisaient étrangère, aux prises avec la fatalité de trois mille ans. C'est en ce soir d'été que sa ligne de fuite, la tangente poussée d'un trait jusqu'au seuil d'un autre monde par l'audacieuse s'incurve et revient se confondre avec le cercle étroit, le monde clos d'où elle avait fusé. Il se peut également qu'Octavie n'ait rien dit. Elle a laissé agir la nuit, la terre sourde, le silence. Elle a changé de visage et quand elle rentre à la maison, c'est avec l'air d'ajonc qu'on voit à la fillette de 1910 et qu'elle gardera jusqu'au bout puisque le cercle s'est refermé, qu'elle a accepté.

Elle se rapproche comme elle s'était éloignée, en ordre inverse. De Paris, elle revient, d'une traite, à Limoges — cent lieues — où elle va enseigner pendant la moitié de sa carrière. Elle fera même en sorte, dans cette marche à reculons, de remettre ses pas dans ses pas. Elle obtiendra d'être nommée à l'École normale de Tulle et, pour terminer, à Égletons, à dix kilomètres de son point de départ. Elle a tracé la figure du zéro, à moins qu'on ne regarde son périple, la tangente repliée sur elle-même dont la boucle renoue avec le cercle originaire comme le signe de l'infini.

Sa vie est double. Du lundi au vendredi, elle est à Limoges et, plus tard, à Tulle. Elle a gardé son chapeau crâne. Elle est serrée dans un petit tailleur couleur de feuille morte mais porte les gros bas de laine que sa mère lui confectionne après avoir trié les épluchures, les miettes, le métal, le fil et le verre, fait les comptes et que sa lampe brille toujours dans la nuit froide. L'énergie mauvaise continue de la mouvoir mais c'est en rond, maintenant. Elle rentre chaque samedi au volant de petites voitures qu'elle pousse à bout. Elle accélère à fond au démarrage et continue jusqu'à l'arrivée, sans lever le pied pour changer de vitesse. Elle se retrouve à deux reprises étroitement enchâssée dans la boulette de tôle froissée à quoi sa 4 CV ou sa R8 s'est trouvée réduite après la rencontre d'un gros arbre ou d'un camion. Elle repart le lendemain au volant d'une voiture neuve par l'épouvantable route des crêtes, traverse à plein régime Barsanges, Bugeat, Eymoutiers entre les deux rangées de hêtres homicides et sort de la neige et de la brume pour assener axiomes et démonstrations à des Limougeauds sidérés.

Il fut vaguement question de fiançailles, avant la guerre, la Seconde, avec un étranger, il va de soi. Octavie va sur ses trente ans. Pierre est mort. De toute façon, il ne l'aurait pas retenue de se marier pas plus qu'il ne l'a arrêtée dix ans plus tôt sur le chemin de l'Amérique. C'est les choses, le temps. Il est trop tard ou, si l'on préfère, trop tôt. Il était encore trop tôt, en 1907, quand Octavie a débuché, embrassé d'un coup d'œil oblique la situation, l'a estimée propice et a pris la tangente. Elle avait entendu la grande voix du silence, elle avait reçu, avec l'idée folle qu'elle pourrait s'en aller, l'injonction de rester. Elle ne découvrira pas l'Amérique ni ne démontrera le théorème de Fermat. Elle est partie pour rien. Elle se tient un peu à l'écart. Elle a un métier. Ses libres calculs lui assurent l'indépendance. Les prétendants se tiennent à distance. Ils ont besoin de quelque chose qui exécute ce qu'ils croient être leur volonté. Ils peuvent toujours proposer à Octavie de compter des clous et des épluchures. Ils seront reçus de la belle manière. Personne n'a su.

Les fiançailles ont été rompues. C'est Baptiste qui s'est marié, avec Jeanne après qu'Octavie eut arrangé la rencontre. Puis la guerre arrive, au sens propre du terme. Elle ne se contente pas d'enlever sans retour les hommes du hameau. Elle s'y présente en personne, avec son cliquetis de chenilles, ses soldats bigarrés pareils au couvert végétal, le fracas inouï des canons à tir rapide. Elle s'introduira jusque dans la maison pour s'emparer de Baptiste et tombera sur Miette qui en a vu d'autres.

Puis elle reflue, emportant son tumulte éphémère, ses machines, abandonnant des chapelets de douilles sur le chemin, un jerrycan gris où Baptiste transporte le mélange pour la tronçonneuse à chaîne et, pour Jeanne et pour lui, le fantôme de l'enfançon — Pierre — qu'elle leur a pris.

D'autres enfants étaient nés, chez Lucie. D'autres ont suivi, chez Adrien, ou vont suivre, chez Baptiste. Octavie approche de la quarantaine mais ça fait longtemps qu'elle est sortie du temps. Elle accomplit le tour pour rien auquel, pour ce qui la concerne, il se sera ramené. Elle qui avait fui, réussi, porté ses pas si loin qu'à peine son père avait les mots pour la suivre, on la voit s'ériger en héraut des puissances tutélaires, prêter sa voix brève, tranchante, à l'esprit du lieu.

Quand elle n'est pas à Limoges, Tulle ou Égletons à inculquer l'esprit de géométrie à des populations urbaines qui n'ont jamais soupçonné ce que c'était que compter, vraiment, et s'en mordent les doigts, elle se tient auprès de sa mère. Et comme celle-ci n'aime pas à parler, que ça ne sert à rien, qu'il se produit le contraire, Octavie se fait l'interprète des choses auprès de ses neveu et nièces. Parce que c'est fini, même si personne ne le sait ou ne peut ou ne veut se l'avouer. Jamais plus cet endroit de la terre ne dictera leur vouloir aux âmes dont il aura été l'exclusif séjour, l'horizon despotique, l'espérance et le tout. Non qu'il n'y prétende pas mais ses âmes vont le quitter. Déjà, les terres cultivables, les bâtiments, l'ancienne maison ont été loués à ferme. Baptiste n'a gardé que le grand jardin attenant à la nouvelle. Il enrésine sauvagement les mauvaises terres, les pentes, les crêtes livrées jadis à la brande et aux bouleaux. Il les a défrichées à la cognée, à la houe et ça fait cent hectares.

C'est tout ce qu'elle peut faire, Octavie, rappeler, dire ce que les choses exigent de chacun, s'appliquer à rendre tels qu'elles le requièrent celles et ceux qui n'auront plus affaire à elles. Et pour que sa pédagogie s'apparente à la muette leçon des arbres, du granit, du sol acide et froid, elle transfère leurs acidité, rudesse, brutalité aux paroles qui visent à les relayer, à reproduire, en leur absence, leurs principaux effets. Amère comme elle était, arrêtée net, vingt et trente années plus tôt à l'apogée de sa trajectoire, au seuil du Nouveau Monde, elle forçait un peu la dose. A la roideur des choses, elle mêlait la sienne, à l'amertume qu'elles contenaient celle qu'à prétendre leur échapper, elle avait récoltée et jetait, pour faire bon poids, dans la balance.

Fidèle à la règle des partages et de la transmission patrimoniale, elle fit porter leur poids sur les aînés, qui dans les trois cas étaient des filles. Elle marqua une cruelle prédilection pour celle qui, ayant succédé à Pierre (l'enfant mort) se trouva investie non seulement des devoirs de l'aînesse, l'ordre des choses, l'emportement, tout ça, mais aussi de certains des traits que le garçon n'avait pu qu'ébaucher, à commencer par le fait qu'il était un garçon. Il est, paraît-il, de leur nature d'aller droit de l'avant, sans détour, sans trop regarder aux vétilles, disposition où Baptiste excellait et dont les ferrailles engagées dans les murs témoignent. Avec son aide et celle de Miette, promus au rang d'exemples vivants et taciturnes, Octavie se consacra tout entière à cette leçon des choses, tant sur le terrain qu'à la préfecture où elle enseignait, en même temps que Berthe, lorsque ses nièces y furent mises au lycée.

La durée du voyage, au retour principalement, quand elles regagnaient ensemble les hauteurs, était consacrée à l'examen minutieux de la semaine écoulée. Les gamines, sur la banquette arrière, dans leurs beaux habits de sortie, les joues remplies de gaufrettes à la framboise, pleuraient à grosses larmes silencieuses de l'instant qu'avait éclaté dans leur dos l'aigre clairon du petit moteur à celui où il mourait enfin et que le grand silence le remplaçait. Sept années durant, chaque samedi, l'heure du retour eut un goût mêlé, très amer et très suave, de chagrin et de Pailles d'or. Miette regardait sans ciller, sans mot dire les fillettes aux joues ruisselantes, barbouillées de confiture, jaillir de la machine infernale. Baptiste qui aurait tué sans hésiter quiconque aurait effleuré un seul de leurs cheveux avait tacitement accordé à sa sœur le rôle dont elle s'acquittait avec férocité. Il n'y avait que Jeanne, que la possession ne possédait pas, pour émettre quelques réserves sur la pédagogie qui faisait de la 4 CV ou de la R 8 une sorte de confessionnal automobile où les pires pénitences gardaient, quand même, un très léger arrière-goût de framboise.

Il y avait aussi le jeudi lorsque les petites internes avaient le discutable privilège de quitter l'établissement pour retrouver leur tante au restaurant où elle prenait ses repas, la crème glacée à la séance de cinéma puis, plus tard, quand elles furent devenues des jeunes filles, le repas au champagne qu'elle leur offrait après leur avoir révélé un des sites fameux — les cascades de Gimel, le tympan sculpté de Beaulieu, les grottes de Lascaux — compris dans le rayon d'action d'une R8. Et ça, ce fut la part des choses, celle qu'on leur refuse, et le signe des temps. L'argent qu'elle gagnait à calculer, à faire faire des calculs, plutôt, Octavie ne l'a jamais employé à se procurer des choses, de la terre d'abord et ensuite des outils pour la travailler, ni à remplir ses grands bas de laine. Il n'y avait plus personne après elle et à supposer qu'il y ait eu du monde, des filles que, par exemple, elle aurait eues, elle ne leur aurait pas laissé un rouge liard. C'est leurs écus qui avaient trahi, fait serves toutes celles qui pourtant avaient dit non. Elle dépensait donc au fur et à mesure, non pas pour elle qui, sans pratiquer la rigueur spartiate de sa mère, était presque sans besoins, mais en repas de fêtes pour ses nièces et neveu ou en achats de livres et de revues.

Quoiqu'elle n'en ait jamais dit mot, elle dut souffrir lorsqu'elle partit, à quatorze ou quinze ans, pour la ville, de sa rustique et mince garde-robe. Mais elle avait à l'esprit, toujours, j'imagine, l'image de Miette, de la parcimonie drastique, du calcul infinitésimal au prix de quoi elle pouvait tenter, elle, l'échappée.

Sa malle repose dans un coin du grenier. On dirait un jouet. Longtemps, elle contint tout l'avoir d'une chipie à qui la blouse d'uniforme épargna l'humiliation de porter du jour de l'An à la Saint-Sylvestre l'unique robe qui tenait dans sa malle-jouet. Quant aux délices de la ville, aux pâtisseries et autres lieux de perdition qu'elle longeait dans les rues de Tulle, elle dut leur jeter le regard défiant qu'elle avait pour les choses et pas mal de gens et passer son chemin.

Ce que je veux dire, c'est que dans le même temps qu'elle se faisait l'interprète du temps d'avant, des choses éternelles, elle devinait la suite, c'est-à-dire la fin des temps, si le temps n'existe pas en soi mais toujours en un lieu qu'il baigne, et que ce lieu allait sortir du temps ou le temps — c'est tout un — le déserter. Elle n'aurait pas été ce qu'elle fut, la dernière, si elle n'avait accordé à celles, à ceux qui venaient après ce dont elle avait été privée, elle qui, la première, quitta le monde ancien pour y revenir, la mort dans l'âme, quand son père le lui eut demandé. Elle avait poussé aussi loin qu'on lui avait permis, découvert, dans sa fuite, l'étendue et la splendeur des espaces traversés, Toulouse la ville rose, Paris et dans Paris, un beau matin, rêvé les yeux ouverts de l'Amérique. Ce qu'elle s'était refusé, la chère futile et raffinée, les largesses d'étoffes, les fastes de la vie urbaine, les paillettes, elle le dispensa à un jeune garçon, à des demoiselles avec la même prodigalité que les questions inquisitoriales, les réflexions ulcérantes, les verdicts capables de convertir cinquante kilomètres de nationale 89 en un chemin de croix répété chaque samedi, vers deux heures de l'après-midi.

Le dimanche ou alors aux vacances, vers la fin, surtout, lorsque la terre rétive livre ses fruits, on sortait. C'était l'après-midi. On avait passé la matinée à tracer des figures de géométrie aux contours brouillés de larmes, à effectuer des calculs algébriques. Maintenant, on marchait dans l'incendie froid et mouillé des bois d'octobre. Octavie se baissait, ramassait des herbes, des faines, des champignons violets, blancs comme neige, filiformes ou alors tout ronds, orangés. Elle les nommait, les tendait aux gamines mal consolées, les invitait à goûter. Comme si les vieux maux, les disettes et les maladies, avec leurs comparses, les loups, l'invasion, l'injustice des siècles de ténèbres avaient rôdé encore et qu'il ait importé de connaître les ressources cachées avec lesquelles la vie pouvait se soutenir en l'absence apparente de tout.

Au terme d'un tardif chassé-croisé, Octavie descendit au bourg, avec Miette lorsque Jeanne eut pris sa retraite et que Baptiste revint s'établir avec elle à la maison. Il ne l'avait, quant à lui, jamais quittée. Ou, pour dire les choses autrement, les choses, la maison, les terres, autour, n'avaient concédé qu'un peu de jeu aux fers dont elles l'avaient chargé une soixantaine d'années plus tôt. Elles lui laissaient, le soir, l'exacte longueur de chaîne qui lui permettait de regagner l'école, au bourg, où Jeanne et les filles l'attendaient. Il rapportait ses vêtements salis, aux boutons arrachés, son chapeau cabossé, les noires fatigues de la terre. Il repartait, le lendemain matin, avec sa fureur fraîche, des habits propres auxquels, peut-être bien, quelques boutons manquaient, pour la maison dans les bois et de là pour les bois avec son merlin, ses coins, son jerrycan gris et la grosse tronçonneuse pareille à un fauve plus ou moins domestique dont on entendait, de très loin, le rugissement.

Le chassé-croisé ne se fit qu'après un temps d'essai où Baptiste, lorsqu'il n'agissait pas sous les arbres, se trouva tiraillé et même proprement déchiré entre trois femmes dont deux — sa mère et sa sœur —, au nom du passé, du sang et du sol, le tenaient pour le maître des choses et leur chose même tandis que la troisième, Jeanne, le regardait pour l'être auquel elle avait librement choisi de lier sa destinée. Il y eut, je crois, une période difficile au cours de laquelle il devint manifeste qu'un homme ne peut simultanément vivre au présent et rester dans le passé. Jeanne était une intruse dans la maison mais c'est Baptiste que la maison, les outils, les machines dans les granges, les grands bois réclamaient. Il en était le bras, la fureur et non pas seulement, comme Octavie et Miette, l'âme ou la voix. Ce furent elles qui se retirèrent au bourg, Octavie pour ne plus jamais revenir, Miette repassant de loin en loin puisque je l'ai vue, trois secondes durant, environ, de mes yeux, ombre noire, muette, en cette nuit où j'étais venu à mon tour à travers la neige, en intrus. Elle assista au mariage des filles, à l'exception de la dernière. C'était celle qui lui ressemblait au point qu'elle pouvait la regarder comme sa propre réincarnation survenue de son vivant. Comme si le temps, sur le point de finir, avait soudain précipité son cours, remis en circulation l'une de ses figures avant de l'avoir usée tout à fait, anéantie pour la ressusciter, dûment munie de son âme incorruptible, inchangée. Vingt années durant, Miette exista, en quelque sorte, sous deux espèces séparées, aux extrémités opposées du cycle : sous ce nom et sous l'apparence d'une vieille femme qui avait pris jusqu'au visage de ses enfants, c'est-à-dire du mari dont, jeune fille, elle n'avait pas voulu, d'une part, et d'autre part et sous un autre nom, telle qu'elle avait dû être au temps où elle vivait, petite fille, à Rouffiat, avec les traits que la photographie de 1910 a fixés. Peut-être qu'elle n'aurait pas jugé utile d'assister à une cérémonie consacrant la déshérence des choses dont elle était l'âme et qui allaient se retrouver sans bras. Peut-être qu'inflexible dans sa détermination, elle serait venue répéter, de l'autre côté, ce qu'elle avait déclaré soixante-dix ans plus tôt : non. Mais c'était en août et elle s'était éteinte à quatre-vingt-dix ans, au mois de novembre précédent.

Octavie respirait encore sans qu'on pût dire toutefois qu'elle était de ce monde. Elle avait échangé l'Amérique contre rien du tout. Elle s'était fait l'organe des faines et de l'ajonc mais sans illusions. La preuve, c'était ce goût ténu de framboise qu'on trouvait au fond de ses paroles piquantes, à la source des larmes très amères où elle puisait. Sa contribution à la nature des choses, au passage du temps, elle s'en était acquittée jusqu'à ce que le temps emporte ses nièces au loin, comme il l'avait entraînée, elle, autrefois. La suite ne la concernait plus. Elle ne bougea plus de chez elle où elle était tout le jour à lire, à s'instruire, pour rien, miette solitaire de conscience perdue sur les hauteurs de la campagne limousine, soucieuse de savoir ce qu'il est permis de connaître de la genèse du monde et de son devenir et peut-être, parfois, songeant encore à démontrer qu'il existe trois nombres tels qu'élevés à une puissance égale, supérieure à 2, la somme de deux d'entre eux égale le troisième.

Il s'écoula plusieurs années avant que nous ne nous rencontrions. Longtemps la saveur des larmes l'emporta sur celle des Pailles d'or chez les gamines qu'elle avait édifiées. Elles ne pouvaient non plus tolérer l'animosité passionnée de leur tante contre leur mère. Celle-là voyait parfaitement l'âme limpide, le cœur très bon, la vie indépendante et probe de Jeanne et c'est ce qui, précisément, excitait sa bile, à elle qui était double, écartelée entre sa fidélité au sol, aux solitudes et l'existence libre, lointaine, la félicité imminentes que son père lui avait refusées. Elle devait même s'associer à la jalousie en quoi cette animosité, chez son frère, se muait. Il est étrange que, jusqu'à la disparition de Jeanne, elle n'ait pu s'empêcher de chercher toutes les occasions de dire du mal d'elle, d'exhaler, en fait, tout le mal que son existence pure et simple lui causait, n'ayant jamais pu avancer de grief valable. Il n'y en avait pas. Les gamines, qui n'en étaient plus, auraient mis à l'arrière-plan, derrière le goût de framboise, les sabbats dans la boîte infernale. Mais Jeanne vivait encore et jusqu'à ce qu'elle s'absente, elles s'abstinrent de revoir Octavie.

J'étais là lors de ces retrouvailles, après dix ans. C'était l'année d'après l'année terrible qui enleva Baptiste à la fin de l'hiver et Jeanne au début de l'été. J'étais un peu nerveux. J'avais été prévenu. J'avais fini par commencer à me faire une idée des choses parce que je n'étais pas de là et que ce n'est pas pour ça, pour elles, que j'étais monté. C'était fini. L'époque était révolue où l'on venait, homme ou femme, dépouiller son cœur et jusqu'à son visage pour leur faire sa soumission. Je me trouvais dans la position que Jeanne, la première, avait occupée. J'avais suivi mon inclination. J'ai eu, au premier regard, la sensation de quelque chose qui ressemblait à ce que l'on éprouve au bout du doigt lorsqu'on l'approche du fil d'un rasoir ou qu'on le pose, avec précaution, sur l'extrémité d'une aiguille. Mais il était tard. Octavie avait dépassé soixante-dix ans. Il lui en restait deux à vivre et l'émotion de revoir, après dix ans, sa nièce l'emportait sur le besoin de me notifier que j'étais rien du tout, moins que rien puisque je n'étais pas venu pour les choses.

Nous nous sommes revus lors des deux étés consécutifs, l'espace d'un après-midi, dans la maison du bourg qu'elle habitait distraitement. Elle avait conservé ses habitudes d'enfant pauvre. Elle observait les usages sévères auxquels, jadis, elle s'était rangée, non seulement à Tulle qui est pauvre et noire, froide, ouvrière mais à Toulouse qui est rouge puis à l'École normale, à Paris. Elle vivait d'une pomme de terre et d'un bout de pain qu'elle mangeait, comme sa mère, dans un coin de sa petite cuisine obscure. Le reste du temps, elle était assise sur une banquette dure, devant une table basse couverte de livres et de revues scientifiques, où étaient posés un cendrier et des Balto. Elle pouvait soutenir un entretien poussé sur les plus récents développements de la recherche. De minces brochures de mathématiques, éditées à trois cents exemplaires, traînaient sur une autre table, près de la fenêtre. Elle a prononcé, un jour, le nom de Pierre de Fermat. Je n'ai pas su si elle regrettait ou non que celui-ci n'eût pas eu, à ce qu'il dit, la place de démontrer son théorème dans l'étroite marge de son papier.

Je ne sais pas non plus où elle a trouvé la force de continuer. Il n'y avait personne, dans un rayon de cent kilomètres, pour s'entretenir de cela avec elle. On aurait dit qu'elle avait été coupée en deux par son père, sur le chemin du crépuscule, un demi-siècle plus tôt. Une partie d'elle-même, son corps, cette chose étendue, avait reculé, accepté de demeurer. L'autre, l'immatérielle, la chose qu'on a pour se représenter toutes les autres choses avait poursuivi sa course, à la manière d'une fusée abandonnant à la limite de l'atmosphère son étage consumé tandis que l'ogive poursuit sa trajectoire dans le vide étoilé. Le brin d'ajonc de 1910, la chipie de 1925 s'enfonçaient toujours dans l'éther tandis que, fidèle, seule, désespérée, une vieille femme attendait, au bourg, que la mort la délivre enfin de la vie brisée, sans but ni suite, que les choses, par la voix de son père, lui avaient imposée. Le bourg n'est plus très animé. Il compte quelques dizaines d'âmes et un café, l'unique commerce à subsister, jouxtait la maison d'Octavie. Mais lorsqu'on était assis dans la pièce nue, on discernait, me semble-t-il, le profond, l'effrayant silence qui enveloppe la maison, là-haut, dans les bois.

Puis ce fut le dernier été, l'ultime après-midi sur la banquette roide. Je me souviens mal. Il a été question, je crois, de travaux récents sur la respiration de l'univers, les phases alternées d'expansion et de contraction par lesquelles, peut-être, il passerait, comme un cœur. Elle a dit ça comme elle aurait noté qu'elle croyait souffrir d'un léger rhume et quand j'ai dit, moi, qu'il fallait voir tout de suite un médecin, agir, je ne sais pas, elle avait déjà passé à autre chose, attrapé la théière pour resservir le gosse qui était en train de se bourrer de brioche et de bonbons de l'autre côté de la table, parmi les revues et les bouquins. C'est une semaine plus tard, alors que nous étions repartis, qu'on a su. C'était bien ce qu'elle avait dit. La maladie était apparue des mois plus tôt. Elle avait compris de quoi il retournait mais ne s'était inquiétée ni d'être fixée ni d'être soignée. Elle s'obstina à lire jusqu'à ce que la maladie se généralise, lui retire, très vite, ses dernières forces. Elle s'éteignit, un mois plus tard, sans une plainte, sans un regret. J'imagine qu'à cet instant, seulement, elle retrouva le visage que des inconnus lui avaient vu, un matin, à Paris, avant qu'elle ne revînt, le soir même, parmi les choses qui l'attendaient pour la briser.

IV

Je n'arrive pas à me représenter les rapports qu'Octavie avait avec sa sœur aînée. Je ne les ai jamais vues l'une près de l'autre. J'ignore s'il arrivait qu'elles se voient encore, quoiqu'elles aient grandi ensemble et passé à moins de dix minutes de marche les vingt dernières années de leur existence (Lucie disparut un an avant sa cadette). Je n'ai jamais eu non plus, simultanément, sous les yeux Octavie et Baptiste. Mais ils se rencontraient régulièrement. Baptiste s'arrêtait chez sa sœur, au bourg, lorsqu'il partait faire des courses avec la grosse voiture noire ou qu'il y avait quelque affaire de famille à régler. Autant que j'ai pu en juger, il admirait confusément son talent de mathématicienne et, quant au reste, s'accommodait du fagot d'épines qui avait nom Octavie. D'abord, il était à l'abri des épines, étant l'aîné des garçons, l'esclave et le maître des choses. Ensuite, il devinait (les choses, en lui) que sa sœur était condamnée à pousser comme une touffe d'ajonc. Elle n'était jamais que lui-même, la même, à ces différences près qu'elle était mince, comme Adrien, quand il était corpulent, comme Lucie, qu'elle était une fille alors qu'il était un garçon et, enfin, qu'elle s'était présentée en troisième position.

Lorsque je l'ai aperçu pour la première fois, un très court instant, de loin, dans la nuit — j'essaie de bien me rappeler, je tâche d'être précis —, j'ai su d'emblée ce qu'il était. Je ne dis pas que j'aurais été capable de le dire. Je n'aurais pas été fichu de trouver le premier mot. Ça tient, tenait à ce que je n'avais pas encore mis le nez dehors, quitté la sous-préfecture, mes semblables du bas pays et que je n'avais aucune idée de ce qui pouvait faire d'un homme ce dont j'ai eu l'intuition, à la lueur des phares : un bloc massif qui empruntait sa détermination aux rochers, aux troncs d'arbres, aux torrents.

Lors de la rencontre suivante — la première, pour lui, mais pas pour moi —, des années plus tard, je découvris non pas son autre visage, car il ne s'agit pas vraiment de visage, mais la retenue qu'il pouvait imprimer à la force des choses, en lui. Il avait appris à leur résister et c'est en cela qu'il était leur maître, lui qui avait été conçu pour les servir et dont c'était l'exclusive volonté.

Il fut, comme Lucie, le dernier représentant du vieil âge. Il resta sur place tandis qu'elle entrait bru dans une ferme à peine distante d'une lieue. Mais il partagea la destinée d'Octavie et d'Adrien, qui devaient changer, eux, d'horizon et d'occupation. Il modifia la face du monde qu'on lui avait confié. Il en sortit à demi, prit ce qu'il fallait de recul afin de le rendre tel que le monde, le vaste qui s'étendait tout autour, l'exigeait maintenant. La figure du pays, lorsqu'il le quitta, en 1980, était à son état initial, en 1904, dans les mêmes rapports qu'un tirage photographique à son négatif. Il l'avait reçu de son père tel que celui-ci le tenait du sien qui, lui-même, l'avait pris, dénudé, clair, sonore des mains de son beau-père et cela se prolongeait et se perdait dans la nuit des temps. On labourait partout où la charrue trouvait à mordre et où la pente le permettait. On livrait le reste aux bêtes ou à la bruyère quand l'herbe ne pouvait prendre. On l'imagine difficilement. Il faut, pour s'en faire une idée, regarder d'anciennes cartes postales montrant la région au début du siècle ou alors continuer, gravir les derniers contreforts du plateau. La route, pendant un moment, sinue dans l'espèce de soir ou d'arrière-saison installés à demeure sous les arbres. C'est comme une gravure de livre de conte, d'un temps très ancien dont le crépuscule se serait attardé alors qu'en vérité, c'est le contraire : l'aube d'un âge neuf, la physionomie que l'endroit a prise récemment mais, de toute évidence, pour l'éternité. Le dernier gradin accuse un dénivelé de près de cent mètres. Il a été entaillé, à l'ouest du hameau, assez loin, pour permettre le passage. On sort des bois et c'est comme de rajeunir d'un jour, d'une saison, d'un siècle. On quitte le soir d'octobre installé sous le couvert pour déboucher dans le matin, la gloire de juillet. Les grands arbres sévères se sont arrêtés au pied de l'escarpement et se concertent. La route qui leur a échappé s'engage dans l'encoche, entre les hauts talus de granit clair. Une étroite laisse d'herbe sépare les pentes envahies d'arbres du sommet. On monte dans la lumière. Lorsque la chaussée retombe, c'est en plein dans la brande, dans le temps d'avant.

C'est ça que Baptiste a eu sous les yeux lorsqu'il les

ouvrit. Ce qui n'avait pas été gagné aux cultures ou aux prairies portait la toison courte, crêpelée de bruyère et d'ajonc tandis que les creux nourrissaient des tourbières. Il pouvait avoir une quinzaine d'années lorsqu'il quitta l'école pour travailler à la propriété. Mais depuis quatre ans que Pierre faisait la guerre, au loin, il secondait Miette. Il dut voir son visage changer lorsqu'un bruit d'attelage leur parvenait de la route masquée par l'épaulement du talus. Ils étaient, l'un et l'autre, ce qu'ils devaient, mère et fils, l'âme et le bras de ce lieu. Chaque jour des quatre années que dura l'absence du père pouvait faire de Baptiste l'homme de la maison. Il le savait. Il était là lorsque les deux frères de la maison voisine, avant de regagner le front, vinrent recevoir les condoléances du hameau pour les morts qu'ils seraient bientôt. C'est lui qui m'a rapporté les paroles de Pierre (l'aîné) lorsqu'il se détourna pour s'éloigner par le chemin.

C'est rétrospectivement que la subrogation revêt un aspect provisoire. Du 3 août 1914 qu'elle s'effectua au début 1919 qu'elle s'acheva, en apparence, elle avait pris un caractère définitif. Pas seulement parce que les chances de survie étaient minces quand on servait, comme tous ces paysans, dans l'infanterie, dans la zone des combats, mais parce que les choses mènent le jeu et ne souffrent ni les demi-mesures ni le provisoire. Elles s'entendent à susciter le corps et l'âme qui les maintiendront. D'un vague contour, d'un possible, elles tirent un être solide et sa sombre résolution. Lorsque Pierre (le père) revint, ce n'est pas son ombre portée qu'il trouva près de Miette, sous le nom de Baptiste, mais un gaillard de quatorze ans et demi qui avait pris plus que sa part des travaux et ne retournerait plus à l'état imprécis où les fils s'attardaient, dans l'ombre de leur père. Telle serait, après le non de Miette et cette maladresse qu'Adrien déplorait chez son père, la dernière raison qui explique l'effacement de celui-ci. Personne ne s'est rappelé son retour par un jour glacé de janvier quand il avait gagné la guerre et sauvé sa vie. Il réapparaît une seule fois, à l'écart de sa femme, sur la photo des noces d'or. Il disparaît en 1936 mais on dirait qu'il est entré de son vivant dans l'absence et l'oubli.

Les hommes, dirait-on, n'aiment pas à se souvenir des heures où ils marchaient, incertains, à leur propre rencontre. Les erreurs, ébauches et remords, ils les effacent au fur et à mesure afin que persiste la seule figure de leur accomplissement. Si l'on excepte l'image en médaillon et celle qui le montre également en uniforme mais casqué, sous les armes, à cheval, Baptiste ne resurgit qu'après la guerre, la quarantaine dépassée. Il est dans la plénitude de l'âge, vêtu avec le luxe sobre, le soin qui sont alors l'apanage de la bourgeoisie provinciale, costume et gilet, chaussures de ville et chemise blanche. Il a simplement ôté sa cravate et dégrafé son col pour porter ses deux filles. Étant bien entendu qu'on peut regarder les choses sous un autre jour, ne pas suivre le fil du temps, la succession des corps périssables comme on fait par commodité mais s'élever jusqu'aux essences. Et alors, c'est Miette, âgée de trois ans, qui est juchée sur son épaule gauche et lui-même qui s'est, d'une certaine manière, assis sur sa propre épaule droite. Ce n'est même pas ça. Ce sont les deux ou trois figures que le lieu a suscitées du jour où il devint ce lieu, que le temps se mit à passer (ou à tourner sur lui-même) qui se trouvent réunies sur l'image à divers moments de leur devenir.

Il faut porter son attention sur les bords pour découvrir le haut d'une voiture engagée dans la descente de la cave. Quant à l'écran noir, à l'arrière-plan, ce sont des sapins de quinze ans, hauts de dix mètres. Les éléments neufs ajoutés aux essences, les vêtements de coupe citadine, l'automobile, le sombre essor des bois ont pris naissance dans le vide rétrospectif où s'est faite la passation.

Baptiste a suivi son père qui s'était essayé, un peu avant la guerre, au courtage en vin. Il s'éloigne, lui aussi, comme Octavie et vers la même époque. Une même énergie les pousse vers les lointains. Mais ce que cherche Octavie, ce sont des lumières, c'est la loi générale et les règles universelles qu'elle a vu sa mère appliquer, sans les connaître comme telles, à des riens. Elle s'engage sur une trajectoire de non-retour et elle serait devenue, très vraisemblablement, une étrangère — la tante d'Amérique — si son père, prévoyant le fait, ne l'avait rappelée à son point de départ. Baptiste s'en va mais à seule fin de rentrer. Il n'est plus possible, après 1920, de vivre comme a fait Miette et, avant elle, depuis trois millénaires, ceux qui se sont succédé à la place qu'elle occupe. Il a fallu acheter des machines. On va faire bâtir une autre maison, à étage, spacieuse, en granit, toujours, à cent pas de l'ancienne dont une date gravée dans le linteau de porte rappelle la construction — 1610. Les deux hommes, père et fils, prospectent le nord de la France et c'est au cours de ces voyages de deux mois, répétés deux fois l'an, que Baptiste apprend le maintien, l'urbanité et cette patience, surtout, dont il était au fond tout à fait dépourvu et qu'il pratiqua très patiemment. Il semblerait que Pierre ait été aussi maladroit avec les choses, auxquelles Adrien s'entendait, que parmi les hommes avec qui Baptiste se montrait habile. C'est peut-être qu'il avait été malheureux avec la femme qu'il avait rendue malheureuse, s'il eut quelque part à ce qui fut, qu'il n'ait pas été, comme tous ses prédécesseurs et le dernier d'entre eux, le jouet de la nécessité sans faille du temps immobile et des lieux clos.

On ne sait s'il passa la main ou s'il accompagna Baptiste jusqu'à la fin. Baptiste aurait dit, longtemps après, que son père s'y prenait mal. Lui s'y prenait bien qui, non content d'étendre la clientèle dans les départements du Nord, passa la frontière et s'établit solidement en Belgique. Il en rapportait, avec ses carnets de commandes bien remplis, du chocolat, de beaux vêtements et des parfums pour Jeanne et pour les filles ainsi, rituellement, qu'une cafetière d'un modèle chaque fois différent qu'on rangeait près des autres, sur l'étagère de la cuisine. Chacun de ces retours fut une fête. Pourtant, ces incursions dans les Flandres et le Brabant n'étaient pas moins pénibles que celles qui le menaient, à peine rentré, au plus épais des bois ou sur les friches qu'il enrésinait. A Bruxelles, il descendait à l'Hôtel des Acacias, près de la gare. Il y déposait ses grosses valises et commençait sa tournée avec la même opiniâtreté qui le jetait, la longue houe au poing ou la cognée, contre la brande et la forêt. Il partait à la première heure, rentrait pour dormir, tomber comme un arbre, couler, comme une pierre dans un sommeil sans rêve dont il émergeait pour repartir aussitôt. Des semaines durant, vêtu de lourds habits aux poches remplies de carnets, de bordereaux et de billets de banque, sans pensées inutiles, nostalgie, tristesse, sans faiblesse, occupé de ce qu'il faisait — il me l'a dit —, il arpentait les rues, travaillait à convaincre et prenait les commandes.

Octavie, par nécessité, d'abord, puis par fidélité, goût, indifférence, conserva les habitudes draconiennes qu'elle avait contractées à l'origine. Elle porta toujours les bas de laine que Miette lui tricotait avec le tailleur strict du professeur de mathématiques et son petit chapeau crâne de chipie montée en graine. Pour les mêmes raisons, Baptiste adopta, pendant toute une partie de l'année, des mœurs opposées, citadines. Il fréquenta, sur son trente et un, les grandes villes mais c'était afin de revenir, de se tenir, du fer aux mains, vêtu de bleu coutil, à la place qui lui était assignée et que, au reste, il voulait, sur la terre. Qui ne l'a pas connu aurait pu douter qu'il était un, que le même homme négociait l'achat de vins fins auprès des propriétaires de chais bordelais, en assurait la vente dans la bonne société lilloise ou bruxelloise et, le matin suivant, s'enfonçait, muet, farouche dans l'épaisseur des fourrés. Il avait, parmi ses clients, des industriels, des professeurs d'Université, des chirurgiens, un lord, une actrice. Une sorte d'amitié naquit entre eux, en dépit de tous les éloignements. Ils ne manquèrent jamais de faire le détour pour lui rendre visite lorsque, aux vacances, ils descendaient vers la Côte d'Azur et c'est à l'un d'eux, spécialiste réputé, que Baptiste s'adressa lorsqu'on eut diagnostiqué le mal qui devait l'emporter et qu'il voulut connaître le nombre des jours qui lui étaient laissés.

Avec les usages citadins et le jeu du marché, il découvrit enfin ce dont nul, avant lui, n'avait idée si ce n'est, peut-être, dans l'abstrait, Octavie lorsque étudiant les lois numériques, elle s'était penchée, à titre d'exercice, sur les intérêts composés : le croît spontané de l'argent. Il acheta des valeurs mobilières, s'abonna à diverses publications financières. Je me demande quels contrastes étaient, chez lui, les plus frappants de ceux que le grand devenir imprima à son être. Il était également présent à lui-même en toutes circonstances, courbé sur la lande avec sa pioche ou assis dans un fauteuil à discourir aimablement de la robe et du bouquet d'un vin. La terre, l'antique tenure, alternativement, l'appelait auprès d'elle et le chassait au loin, exigeait qu'il parlât d'abondance et bien, paré de ses plus beaux atours, et puis qu'il se tût et transpirât dans sa tenue de coton gros bleu. On dressait l'oreille lorsque, sortant de la forêt, vêtu, à son image, d'écorces et de brindilles, trempé, comme elle, de pluie, chamarré de neige, enveloppé de buée, il s'adressait à vous et que c'était en termes choisis auxquels ne manquait pas même la nuance imperceptible d'ironie qui répondait, en le devançant, à votre étonnement. On vérifiait qu'on avait bien vu, lu, lorsqu'on le découvrait, dans le même appareil avec des feuilles de fougères attachées à lui, debout, en train de consulter la *Cote Desfossés* dont il avait déchiré la bande ou de découper les coupons de Senel-Maubeuge ou de Rio Tinto, à son bureau de chêne, après s'être essuyé les mains pour enlever la terre, la résine et l'huile de moteur dont elles étaient souillées. Il a fallu que je le voie sous ces jours dissemblables qui sont, ordinairement, le fait d'être distincts pour que s'atténue l'effet déconcertant de sa première apparition, dans la nuit, aussi massif, solide, sauvage qu'un rocher, qu'un arbre — cela se voyait — et que deux jeunes filles auxquelles avaient été départies — cela crevait les yeux — la vertu et la grâce se précipitèrent vers lui et qu'il était à la fois inconcevable et criant, pour moi, qu'ils allaient bien ensemble.

Ce que j'ai vu, je l'avais imaginé longtemps auparavant puis oublié et c'est pour ça que je n'en croyais pas mes yeux. Parce que vers quinze ans, on commence à distinguer. Il y a deux sortes de réalité. La première commence avec nous et nous escorte un certain nombre d'années. Ce qui est bien, c'est que rien n'est encore inconciliable, séparé, perdu. Quelque ogre, roi du bois, figure intermédiaire dont la rencontre ferait pâlir vit entouré de ses enfants qui ne lui ressemblent pas. Les demoiselles sont belles et compatissantes, délicates. Or, elles ont pour leur père la plus grande tendresse. Et puis le temps passe. On laisse là les contes et les songes. On s'applique à reconnaître les frontières de la réalité, la seconde, laquelle diffère de l'autre en ce qu'elle a, justement, un contour et que plein de choses qui étaient ensemble, dedans (mais il n'y avait pas à proprement parler de dedans en l'absence de frontière, ni de dehors) migrent de l'autre côté, les ogres, les signes, l'identité des contraires, l'immortalité. L'étendue de nos pertes, la cruauté de la séparation indiquent le degré auquel on s'est rendu raisonnable. Je l'étais autant qu'il est permis, à quinze ans, au temps où finissait, à l'écart des sous-préfectures, un monde contemporain des ogres et des fées, de l'origine. De sorte que la scène entrevue à la lueur jaune, éblouissante, des phares m'est apparue comme la réalisation de ce que j'avais cessé de croire permis. Et lorsque, plus tard, au plus froid de l'hiver, je revins avec ma vie dans le creux de la main comme un raisin sec ou un petit caillou et que la neige me surprit en chemin, je ne fus pas autrement surpris du paysage de conte qu'elle composait avec les bois noirs, la solitude et le silence. C'est très exactement ce vers quoi je m'acheminais, la possibilité de renaître, le retour des possibles, avec mes habits légers, mes chaussures de gandin. Je ne me faisais pas vraiment d'illusions. Je ne crois pas m'être soucié d'espérer. Ce n'est pas indispensable lorsqu'il n'y a qu'une chose à faire. D'ailleurs, celle-ci semble se faire d'elle-même. Il importe peu qu'on participe autrement que par corps, qu'on imagine autre chose que ce qu'on fait, qu'on passe par des sautes diverses. Il s'agit de gagner un certain endroit de la terre où l'on a deux mots à dire. Après quoi il ne sera pas bien difficile de se débarrasser de son raisin, de son petit caillou. Ce sera comme avant, quand tout est pareil, un. On poussera la portière du bois. On s'étendra, tout habillé, dans cette plume, sous un baldaquin de branches. On ne sentira pas le froid ni la crainte ni rien du déplaisir, des peurs qui nous viennent avec l'âge. On regardera d'un œil égal, d'un cœur tranquille, à peine mélancolique, bouger les courtines de la neige, les personnages de jadis se pencher sur le lit préparé dans les bois à l'intention du voyageur. Et même, le visage entrevu l'instant auparavant, dans la réalité, puis perdu, on va le retrouver puisque maintenant, c'est avant, c'est toujours. Rien ne peut plus nous être enlevé ni se perdre. Tout est bien.

C'est ce que sans doute j'ai envisagé dans le matin de décembre où j'ai quitté la sous-préfecture pour les hauteurs chargées de neige et c'est à ce départ, à cette équipée que je m'étais su promis, trois ans auparavant, dans la nuit d'août trouée d'or. Il est plaisant, à la réflexion, de s'être cru un audacieux, vu en téméraire, bravant les puissances occultes, passant outre à tous les interdits, la distance et l'impossibilité, les très anciens partages, la neige comme je n'en avais jamais vu, les bois comme la neige, le silence qu'ils faisaient et tout le tremblement alors que, simplement, le temps était venu.

La rencontre merveilleuse, c'est bien avant qu'elle avait eu lieu, à l'automne de 1939 qu'Octavie mit en présence l'un de l'autre Baptiste et Jeanne, son frère et son ancienne condisciple à l'École normale de Tulle. Elle avait la sagacité des méchants, de ceux qui sont mal tombés. Elle perçait les deux autres de son regard en coin. Elle plaçait son frère au-dessus de tout. Elle connaissait Jeanne mieux que celle-ci le pouvait elle-même. Elle voyait parce qu'elle était la plus mal lotie. Sa vie fut de part en part commandée par le rang qu'elle avait occupé — le troisième. Elle ne prit un fulgurant essor que pour le voir rompu. Elle remâcha jusqu'au bout ce que sa place, sa part enfermait de mauvais. Il faut une âme noire pour déceler la volonté sainte, laquelle, non contente de n'aspirer qu'au bien, ne saurait concevoir que le mal existe. Et la peine qu'Octavie, par la suite, s'ingénia à faire à sa belle-sœur, l'énergie, la constance qu'elle y mettait, la fatigue, elle se les serait épargnées si elles n'avaient pas eu pour effet d'atténuer la peine que Jeanne, de par sa seule existence, du simple fait qu'elle respirait, lui causait.

Je ne sais pas grand-chose. Aucun des trois protagonistes n'a cru devoir épiloguer. Baptiste était trop jaloux de Jeanne pour parler d'elle de sang-froid ou simplement pour parler d'elle, Octavie si malheureuse qu'elle ne pensait qu'à dire du mal de ceux qui, par contraste, accusaient la noirceur de ses jours. C'est de Jeanne que je tiens le peu que je devine de ce fait pourtant bien réel, consigné dans les registres de l'état civil de l'an 1940 et qui se prolongea jusqu'à ce qu'ils s'éteignent, ensemble, quarante années plus tard : qu'ils s'étaient mariés, elle et Baptiste.

Leurs rapports étaient empreints de la plus grande cérémonie. Je ne les ai connus qu'âgés, presque septuagénaires, fatigués, avec Berthe qu'ils soutenaient, dans la grande maison, à la lisière des bois, puis seuls, pour une année encore, la dernière de leur vie, après que Berthe eut disparu. Qui ne les aurait pas connus pour ce qu'ils étaient aux termes de la loi, mari et femme, les aurait pris pour des gens d'un certain âge, d'un autre âge, que des circonstances fortuites ont conduits à vivre sous le même toit, et qui cultivent, abritent, chacun, derrière les plus grandes prévenances mutuelles, des pensées, des songes, un passé tout à soi. Baptiste, jusqu'à ce que le cœur lui manque, se levait avant l'aube pour donner leur pâture aux choses. Jeanne, dans sa chambre, lisait de la littérature anglaise ou écoutait la BBC avant de descendre s'occuper des travaux d'entretien puis des préparatifs de cuisine. Midi s'annonçait à un grand fracas de portes. Baptiste arrivait du dehors, mouillé de brume, saupoudré de neige, couvert de feuilles et d'aiguilles, bardé de rudesse, porteur des forces brutales qu'il avait déployées dans les bois. Elles dépassaient, aurait-on dit, de lui, débordaient sa personne comme des madriers, des planches qu'il aurait introduits avec la brouette chargée à refus de bûches dans la cuisine tiède où la table était mise, les livres de Thackeray, *The Voyage Out* de Virginia Woolf et les ouvrages de couture posés à l'écart, sur la tablette en pin, près de la fenêtre.

Ils étaient là, lui, au centre, encore, de la fureur et du fracas, fumant, farouche, elle, une cuiller en bois à la main, attentive à tourner le caramel de son gâteau de riz, aux antipodes l'un de l'autre et si proches, pourtant, secrètement, qu'ils n'avaient pas cru pouvoir rester séparés.

La situation comportait un élément de drôlerie qui leur échappait. Il tenait au sérieux extrême qu'ils avaient apporté, l'un et l'autre, à devenir respectivement eux-mêmes, à faire leur devoir sans considérer, à aucun moment, qu'ils auraient pu ne pas, faire autrement, être autres. Dix mille fois, déjà, Baptiste avait dû faire irruption, vers midi, dans l'ordonnance paisible de la cuisine avec ses bastaings fictifs, la réelle cargaison de bois, la boue, le givre et dix mille fois, Jeanne, la cuiller levée en signe de protestation, d'émoi, dire : « Oh ! Baptiste, vous... » Et Baptiste, aussi accessible, à peu près, qu'un tronc d'arbre aux paroles que Jeanne lui adressait avec la même émo-

tion intacte, sentie, prenait le virage à la corde, bas-
culait ses bûches dans la caisse à bois et repartait avec
le bruit et la brouette en laissant une trace de pneu
sur le carreau, de l'écorce et comme des lambeaux
de brume froide dans la pièce qui sentait le caramel.

Il revenait après s'être secoué sous la véranda et
lavé les mains. Il s'asseyait, s'inquiétait de nous en
commençant par moi qui étais un frêle citadin, une
pièce rapportée, rien du tout, se redressait pour servir Berthe qu'il appelait par son prénom ou parfois,
par jeu, avec pompe, par son nom — « Madame
M. ». Il choisissait pour elle le meilleur morceau, la
servait avec déférence, avec l'habileté qu'il avait vue,
prise au personnel des hôtels où il descendait, plusieurs mois par an. Là, il s'était à peu près défait,
aurait-on dit, du gros des planches, forces vives, rondins immatériels mais non point irréels, inopérants
qu'il avait introduits avec lui. Puis venait le tour de
Jeanne. Il finissait par lui. Il était homme à avaler
n'importe quoi. Il se serait nourri d'ajoncs, de branchages, de cailloux. Il se serait aussi bien passé de
manger. Il pouvait porter sa faim comme sa peine,
ses chagrins, ses coins de fer, sa tronçonneuse, sans
mot dire, parce que c'était ainsi et qu'il ne s'était
jamais posé la question de savoir s'il aurait pu ne pas.
Il tenait de sa mère la résolution qui lui interdisait de
jamais regarder à quoi que ce soit qui aurait été lui,
d'écouter cette voix qui souhaite des ménagements,
de l'indulgence, d'arrêter, cette faiblesse en quoi
consiste, au fond, un soi. Mais il lui est arrivé
d'émettre quelque réserve sur le goût de tel ou tel
plat. Il y avait ici un rien de sel en trop et tel mets traditionnel, où entraient des châtaignes, de la viande

salée ou du sarrasin n'avait pas, n'aurait jamais la saveur que Miette (« ma mère »), seule, avait su lui donner. C'était dit à mi-voix, sans regarder personne, l'œil arrêté dans le vide proche où Miette, pour lui, s'est tenue jusqu'au bout sans qu'il estime nécessaire de préciser comment il la voyait, vieillie, noire, effacée (en apparence) ou bien telle que la montre l'image d'elle qui la représente pour la première fois nantie d'un visage, très belle, glorieuse, souveraine.

Pareille nuance n'avait, en elle-même, aucun sens. Un gars qui rentre des bois avec une faim d'ogre, le dos rompu, les mains saignantes, le visage cuisant d'avoir été cinglé des branches, n'ira jamais s'apercevoir d'un grain de sel en plus ou en moins. Et quand même il discernerait pareil détail, il s'abstiendrait d'en rien dire. Parler, quand on n'a pas arrêté de bûcheronner depuis l'aurore et qu'il est midi, réclame un effort coûteux. Il a pris la peine, plusieurs fois, de dire qu'il manquait quelque chose et ce qu'il voulait dire, avec son grain de sel, c'est que Jeanne, qui avait préparé son repas et l'aima si bien qu'elle ne vit pas l'intérêt de lui survivre, ne faisait pas de sa personne un cas qu'il jugeât suffisant.

Il était le dernier. Il fut l'homme du devenir, l'agent des métamorphoses. Il s'efforça d'épouser le grand mouvement afin de perpétuer ce que l'éternité qui avait précédé l'éveil du temps, sur les hauteurs, lui avait confié avec l'injonction de maintenir. Il partit pour rester. Il prit les usages de la ville pour revenir à la terre, au différend qu'ils avaient. Il maniait le français avec élégance. Sa phrase était ample, abondante. Mais lorsqu'il se tournait vers les choses, c'est du patois qu'il se servait pour les nommer, de mots brefs à la finale sonore qui portaient loin, atteignaient, à travers le mur du silence, les parcelles, la pinède ou la pessière qu'ils désignaient. Et quand un outil, un tronc, une pierre cachée dans la bruyère lui résistaient au-delà de leur raison suffisante, il proférait d'une voix sourde, grondante, l'une des deux ou trois invectives que contenait le dialecte : « Ah ! Bougre ! » Il lâchait la bride à la fureur froide qui le portait. Elle décuplait ses forces. L'arbre, son cœur déchiré, commençait à geindre, à trembler comme ils font, avant la chute. La pierre, vaincue, fêlée, rendait un son creux. Il n'est pas surprenant que le conflit dont Baptiste fut le théâtre ait aussi marqué, traversé sa tardive union avec Jeanne. Entre le mariage indigène de Lucie et le célibat d'Octavie, il y avait place pour quelque rencontre limitrophe. Qu'elle fût improbable, l'âge des conjoints au mariage — trente-six ans — l'indique assez. Baptiste ne pouvait épouser une fille du voisinage. Elle n'aurait pas compris qu'il s'absente quatre mois par an à seule fin d'être présent le reste du temps. Et elle serait restée oisive, bras ballants, à se morfondre sur une propriété en voie de conversion dont les champs et les pâtures étaient déjà couverts de plantations. Il fallait un oiseau rare pour s'accommoder de l'animal. Il existait. Ce fut Jeanne.

Pour paradoxal qu'il paraisse, elle avait en commun avec Baptiste qu'elle était, comme on dit, à son affaire. C'était, naturellement, à sa manière, douce, paisible, candide, quand l'autre obéissait à l'énergie qu'il tirait des choses et qui dépassait de lui, que j'ai vue quand je n'avais encore rien vu. Elle avait pris le premier poste qu'on lui eût donné, dans un coin reculé, à l'est du département. Elle s'y était tenue tandis que Berthe obtenait une affectation dans le Sud, plus riant, et se rapprochait à grands pas de Tulle. Jeanne trouvait si bien son compte à exercer son métier qu'elle aurait aisément oublié le monde qui commençait à la porte de la classe, traversé la vie comme une petite fille si Octavie ne l'avait trouvée propre à devenir l'épouse de Baptiste. Elle le conduisit vers l'oiseau rare, elle à qui l'on avait interdit de partir, de savoir tout à fait, de trouver à se marier, de vivre. C'est la chipie qui jette le premier lien, ténu, difficile entre son furieux de frère et l'institutrice de trente-cinq ans qui met à instruire les fillettes et les garçonnets du plateau le grand sérieux que l'on voit aux fillettes. Je le sais. Jeanne me l'a dit, une heure, environ, avant que Baptiste ne meure, alors que nous nous tenions, seuls, désespérés, à la porte de la chambre où il livrait son dernier combat.

Nous avons très peu parlé, elle et moi. J'étais intimidé, devant elle. C'était comme lorsqu'une petite fille s'adonne à ses occupations et qu'on est soi-même, par exemple, un type de vingt-cinq ans. On a beau avoir des tas de trucs à mettre au clair, presque tout à apprendre, encore, même si on prétend le contraire, il y a une chose, quand même, qu'on a devinée. C'est qu'il y a du sacré et que ça peut se présenter sous la forme fragile, émouvante, d'une fillette de onze ans. Il a fallu cela, ce soir tragique de février, cette heure ultime pour que Jeanne me dise, de sa voix douce, un peu étonnée, toujours, qu'ils avaient eu, Baptiste et elle, une vie orageuse. Et, un peu plus tard, quand la mort, derrière la porte, se penchait sur Baptiste dont le dernier mot avait été son nom — «Jeanne» —, elle m'a dit aussi qu'il était venu, la première fois, pour la voir, avec un rayon de miel aux mains. Il avait traversé la lande pour lui tendre ce bloc d'or suave, cette richesse élémentaire, élaborée, au seuil de la grise maison d'école où elle l'attendait.

Naturellement, il voulait tout, le silence et les belles paroles, le patois et le français, le temps et l'éternité. En marche comme il était, il ne pouvait qu'épouser au loin quelqu'un qui aurait une vie à soi. Il avait déjà planté des arbres, privé d'occupation, de justification une femme qui eût ressemblé à sa mère ou à sa sœur Lucie, sacrifié à l'immense travail qu'on laissait aux femmes après qu'on avait labouré, hersé, soigné les bêtes, fauché, moissonné, fendu le bois, cassé les pierres, enfoncé des clous partout. Mais dans le même temps, il aurait eu agréable que sa femme le regarde pour le maître des choses et les choses dont il était l'esclave comme les seules choses.

Je doute qu'il ait jamais distingué, en ce qui le concernait. Il ne paraît pas s'être attribué d'existence propre. Il s'est rapporté tout entier à ce qui n'était point lui. Il ne s'est jamais rien accordé. Il était sans désir ni penchant, sans réticence ni faiblesse. Il recevait les directives des choses. Il accomplissait leur dessein. A aucun moment, il n'imagina qu'il portait beau et parlait bien, qu'il avait du courage, beaucoup de finesse, un visage. Par la suite, il ne lui vint pas à l'esprit que Jeanne pût voir en lui autre chose que les choses. Et comme elle avait ses choses à elle, sa classe, ses cours à préparer, ses livres, ses pensées, il douta, jusqu'à son dernier souffle, qu'elle l'eût jamais vraiment regardé puisqu'elle ne regardait pas la terre, les bois auxquels il s'identifiait. Cette méprise aurait revêtu, presque, un tour amusant s'il n'en avait souffert et ne se fût ingénié à retourner à Jeanne le tourment qu'elle lui causait sans le savoir ni le vouloir, simplement parce qu'elle était ce qu'elle fut. Elle ne faisait pas du bien — c'est-à-dire de l'idée qu'il se faisait de sa personne — un très grand cas. C'est donc qu'elle ne l'aimait pas. Il se demanda, désespérément, quel homme elle regarderait avec faveur. Il s'éteignit sans avoir su. Pour comprendre, il lui aurait fallu se regarder, un peu, du dehors comme un être distinct des choses auxquelles il s'assimilait et c'est ce que les choses ne permettaient pas. Tout homme lui était un rival. Il n'est pas jusqu'à Jules, l'un des quatre frères de la maison voisine, l'un des deux survivants, qu'il n'ait considéré avec suspicion lorsque, fort âgé, celui-ci venait, de loin en loin, à la maison pour un bouton à recoudre et, chaque 1er de l'An, parfumé d'eau de Cologne, souhaiter à tous la bonne année.

Mais le pire, c'est que Miette et Octavie secondaient leur fils et frère. Conscientes, obscurément, de sa détresse, incapables, comme lui — Miette, surtout — de percer le malentendu qui en était la cause, elles firent de leur mieux pour rendre à Jeanne, avec usure, la peine dont elles voyaient Baptiste agité. Pour le repas dominical, au hameau, Jeanne quittait ce qui fut, jusqu'à sa retraite, son métier et sa sauvegarde, ses cahiers, son appartement de fonction. Tout le temps que durait le déjeuner, chaque semaine, pendant des années, elle fut en butte à ce qu'elle dut percevoir comme la pure malignité de deux femmes très judicieuses jusque dans l'art de blesser. Celles-ci amplifièrent l'écho vengeur des choses qu'elle semblait dédaigner alors qu'en vérité, elle ne les voyait même pas. C'est à Baptiste qu'elle était attachée mais les deux autres, comme, du reste, l'impétrant, étant ce qu'ils furent, ne pouvaient se représenter celui qu'elle aimait sous ce nom.

Peut-être l'accident qui lui advint, sur le tard, fut-il à sa manière un événement heureux. Il était parti, comme à son habitude, à la pointe du jour, muni de bidons et de la grosse tronçonneuse primitive, sans sécurité, qu'il avait achetée dès qu'elle était arrivée d'Amérique. Elle avait rendu, d'un coup, la partie plus équitable entre les arbres et lui. Elle avait absorbé, pris sur elle, une bonne part de la fureur qu'il lui fallait adjoindre au grand travail qu'il donnait aux bois. Ça se voyait, s'entendait. L'engin, l'espèce de félin avec sa large patte plate ourlée de griffes étincelantes, lorsqu'on avait tiré le démarreur, passait sans transition de la stupeur à l'hystérie. Il se mettait à feuler, ruait, bondissait en crachant des jets de fumée bleue. On avait d'abord le réflexe de s'éloigner en courant, de grimper non pas dans un arbre que la bête, la machine couperait au pied mais sur un mur, du haut duquel on lui jetterait des pierres. Ceci quand on n'avait pas l'habitude des bêtes ou de ces choses dont on ne saurait venir à bout sans la certitude qu'on est leur maître. Baptiste l'avait chevillée au corps depuis 1904. Il ne s'était pas plus soucié du fauve tonitruant qu'il était allé acheter à Ussel dès les années cinquante que des chevaux vicieux, des taureaux pleins de morgue qu'enfant il avait obligés à le suivre après leur avoir passé le licol ou serré la cloison nasale avec les pinces à boules.

Lui-même n'a pas gardé souvenir de ce qui s'est passé. Il dut s'évanouir, perdre conscience, un court instant, au pied de l'arbre qu'il venait d'entailler. La tronçonneuse en avait profité pour lui labourer le visage. Lorsqu'il était revenu à lui, elle s'était, par chance, écartée, crainte de représailles, ou simplement arrêtée, étouffée dans sa rage. Il l'avait empoignée d'une main. De l'autre, il avait ramassé les bidons. Il avait peut-être marmonné « bougre » ou « bougresse » entre ses lèvres déchirées, avec sa joue entaillée, et quoique ce fût encore le début de la matinée, il avait repris le chemin de la maison. Jeanne avait levé le nez de *Great Expectations* ou de *Vanity Fair* pour le voir entrer, titubant sous le coup de la faiblesse qui l'avait terrassé, éclaboussé de sang. Peut-être a-t-elle eu les mots, l'accent qui lui montrèrent l'attachement qu'elle avait pour lui mais dont il ignorait l'objet effectif, la nature véritable. Et s'il était, à cet instant précis, capable d'un peu de discernement, si la douleur, la colère, le sang lui permettaient d'apercevoir Jeanne derrière Dickens ou Thackeray, il a pu deviner la place que celui dont il n'avait cure mais dont il ne pouvait douter, pourtant, que ce fût lui, occupait dans son cœur. Une ou deux années durant, après ses démêlés avec la tronçonneuse, il arbora une petite moustache qui servit à dissimuler la cicatrice. Lorsque celle-ci s'effaça, la moustache disparut. Telle fut sa réponse à l'émoi qu'il avait pu surprendre, la concession à l'être de lui-même dont il avait surpris le contour, le visage blessé dans le visage bouleversé de Jeanne alors que, soixante années durant, il s'était cru fait, à la manière des personnages d'Arcimboldo, de branches, d'herbes et de mousses. Et ce n'est pas un miroir qui l'aurait détrompé lorsqu'il rentrait des bois, couvert de feuilles et d'écorce, enveloppé, comme les bois, de vapeurs et de buées.

C'était facile. Il aurait suffi de compter les cernes de croissance sur la tranche des résineux qu'on fit abattre il y a une dizaine d'années. Ils avaient pris un tel développement que leur ombre couvrait la maison. Ils l'auraient écrabouillée si, comme le fit un tordu de pommier, ils s'étaient abattus sur elle. La tempête de l'automne 1982 avait couché des milliers d'arbres dans les environs et ce fut miracle qu'aucun des grands sujets qui cernaient la maison d'habitation et les granges n'ait été déraciné. Le site n'est ouvert qu'au sud, face aux monts du Cantal. Sur les autres points, il bénéficie de la protection rapprochée des hauteurs, la Marsagne, les Plates, à l'est, et, au nord, le Puy du Rocher. La grande chasse volante qui agita le ciel du 7 novembre de cette année-là ne fit que tordre en tous sens les cimes. Elle ne put prendre à bras le corps, en plein dans leur houppelande, les résineux de quarante mètres plantés à vingt mètres de l'habitation. Elle se contenta de leur enlever leurs capuchons, de faire voler des ardoises. Mais on n'a pas compté. On était inquiets. Et puis il y a autre chose encore. C'est que quelque chose de Baptiste, disparu depuis peu, était mêlé, pris, présent — je ne sais comment dire — dans le bois rouge sombre, couleur de chair et ruisselant des grands Douglas verts et qu'avec eux, c'est un peu de lui qui tombait, s'en allait, enchaîné sur les fardiers. Alors, je n'ai pas de date précise. Je ne pourrais pas dire l'année.

Mais parmi les papiers et les livres serrés dans la bibliothèque en chêne du bureau, il y a la deuxième édition de l'ouvrage que Marius Vazeilles, un ingénieur forestier, consacra dès 1917 à la mise en valeur du plateau de Millevaches. En 1931, date de la réimpression, Baptiste a vingt-sept ans. Il peut lire, à la première page du chapitre i, que le revenu annuel net d'un hectare de bruyère, quand elle est conservée pour les moutons, ne dépasse pas vingt francs. Boisé, le même hectare en rapporte deux cent cinquante. A la page suivante, il est rappelé que l'État accorde à tout propriétaire reboiseur une subvention en nature ou en argent, cette dernière couvrant à peu près la valeur des plants nécessaires. Enfin, Vazeilles, qui est du pays, signale que cette augmentation de la productivité du domaine permettrait à l'« aîné » (qui n'est pas toujours l'aîné, précise-t-il) de régler les dettes de famille et de lever les hypothèques successorales. La dernière observation — « que le paysan fera souvent son travail lui-même » — paraît superflue.

Octavie resta, jusqu'au bout, tournée vers les lointains. A quelques jours de sa fin, elle suivait le développement des mathématiques pures, s'intéressait à la naissance des étoiles et pensait à Pierre de Fermat. Baptiste fut l'homme d'un seul livre, celui que Vazeilles avait explicitement rédigé pour des lecteurs en très petit nombre, des « aînés » résidant quelque part entre Eymoutiers, Gentioux et Égletons et qui ne seraient pas ménagers de leur peine. Baptiste dut consulter debout, comme il faisait, l'ouvrage à couverture de carton orange. Il lut la volonté des choses, découvrit leur figure prochaine et la conduite que sa genèse lui dictait. D'autres auraient hésité. Il s'agissait de planter un million d'arbres et, quant au fond, de changer la face de la terre. Le livre n'en fait pas mystère. Sa page de frontispice s'orne d'une photographie charbonneuse, comme on en prenait alors, comme si la lumière, la couleur, les détails, le grain fin, précieux de la création n'avaient pas encore commencé d'exister, qu'ils fussent enfouis dans ce noir et ce gris figurant des croupes sombres sous un ciel en fer-blanc avec, au premier plan, un ruisseau découpé lui aussi dans de la tôle ou coulé dans de l'étain, aux rives hachurées de joncs. Cette image désolée, funèbre, c'est ce que Baptiste avait eu sous les yeux lorsqu'ils s'étaient ouverts et, avant lui, ceux pour qui le monde avait été formé de crêtes noires parcourues de filets d'étain sous un ciel en fer-blanc et qui lui en avaient transmis l'image.

Un peu plus loin, après les généralités qu'il dut sauter allégrement (les pages n'en sont pas coupées), juste en regard des prescriptions techniques, on voit une autre photographie montrant, celle-ci, une dizaine de personnes, des femmes et un jeune homme posant dans une jeune plantation. Les sapins n'ont pas dépassé trois mètres. Un peu de soleil s'est glissé dans le paysage. Il dessine sommairement les physionomies aux yeux enfoncés dans des faces blanches. C'est juillet, août peut-être. On a les bras nus. Un chapeau de paille est accroché à une branche. L'épais fouillis d'herbe, de digitales et de fougères monte à mi-corps des personnages. Il faut aller chercher la page 105 pour découvrir un Douglas de trente ans. La circonférence, à hauteur d'homme, atteint 1,62 m. Et d'ailleurs un homme vêtu à la mode de 1930, est debout près du tronc. Il tient le réglet qui enserre l'arbre au niveau de sa poitrine.

La double injonction que Baptiste reçut des choses — les changer pour qu'elles persistent et, en ce qui le concernait, lui, partir afin de demeurer —, c'est au même moment qu'il dut les entendre, autour de la trentaine, quand son père allait disparaître, si tant est qu'il ait existé pour sa femme et ses enfants, que sa présence ou sa simple apparence aient constitué, à leurs yeux, autre chose qu'une importunité. La même volonté, alternativement, expédia Baptiste à l'autre bout du pays et jusqu'en terre étrangère et le tint, le reste du temps, courbé sur la brande pour qu'elle devînt la forêt. Il fut un dans les grandes villes qui le firent à leur image, bourgeoisement vêtu et bien-disant, ouvert au commerce des hommes, habile au négoce, et solitaire, muet, dans le genêt, la callune et l'ajonc nain des hauteurs, avec la pioche-plantoir au long fer droit emmanché court. Il n'avait pas le temps. Le temps avait gagné les hauteurs, pris pied sur le plateau. Il n'était pas rentré de voyage avec ses fortes chaussures usées, percées, les poches gonflées de carnets, ses valises bourrées de vêtements féminins, de parfums, de chocolat, une nouvelle cafetière douillettement enveloppée dans des linges, au milieu, qu'un autre homme, aurait-on dit, passait la porte en sens inverse, vêtu de coton bleu délavé, élimé, chaussé de godillots informes, un informe feutre sur la tête, et se hâtait vers les croupes de la

Marsagne, du Puy du Rocher, de la Blanche, au sommet, d'où l'on embrasse tout le pays. Il disposait d'une courte saison, chaque année, pour passer du frontispice à la page 105. Un ouvrier, écrit Vazeilles, met cinq cents ou six cents pousses en terre dans sa journée. Baptiste en plantait à peu près le double. Il commençait quand la lande se détachait, noire, sur le ciel gris et s'interrompait au moment où ils se remettaient à ne plus faire qu'un, noirs. Il luttait de vitesse avec le rapide progrès, vers octobre, de l'ombre, l'approche des neiges, la montée des grands froids.

La lande est réfractaire au semis. La graine ou la racine née d'elle atteint rarement le sol à travers l'ajonc et la mousse. Quand elle y parvient, la bruyère étouffe le plant. Les rongeurs et les oiseaux dévorent la moitié de la semence, en dépit du minium de plomb dont on l'a enduite. Et puis il n'y a que le pin sylvestre et le pin de Banks pour s'accommoder du semis. Les autres résineux, l'épicéa commun, celui de Sitka aux aiguilles dures, blessantes, le Douglas vert, le tsuga de Mertens, le mélèze, le sapin de Vancouver, le pectiné demandent à être plantés. La meilleure période est encore le printemps, lorsque la sève se remet en mouvement. Mais octobre est favorable, aussi. L'hiver ne convient pas. La neige écrase tout. L'alternance des gelées fortes et du redoux provoque le « chandelage » ; les plants, mal assis, sont déchaussés et périclitent.

C'est donc d'une cinquantaine de jours, chaque année, que Baptiste a disposé pour susciter un million d'arbres. Il était le dernier que la terre ait eu à sa main, tenu corps et âme à sa dévotion. Il a dû comprendre, quand il l'a reçue — ou elle lui — de son père que les temps étaient venus. Personne, après lui, n'accepterait plus de disputer sa vie au sol ingrat des solitudes, nul homme de mener le soc sur le rocher, nulle femme de compter comme Miette avait fait, et avec ça — je veux dire son inclination et son espérance, la félicité qu'elle avait envisagée — de ne pas compter. Il a vu, quand il devenait l'aîné, qu'après lui, le lien, l'aliénation de trois mille ans dont il était l'incarnation allait se rompre. Les hauteurs allaient appareiller pour un très long voyage, abandonnées de l'homme, et c'est à leur tisser un épais, un éternel manteau de forêts qu'il travailla durant sa saison.

Il décapa la bruyère, nettoya les plus mauvaises pièces de la mauvaise terre des espèces pionnières, des saules, des bouleaux, des aulnes, des grands hêtres mauves qui viennent spontanément avec l'altitude mais ne sont pas de bon rapport, gélifs souvent, et dans tous les cas trop nerveux pour livrer un bois acceptable à la menuiserie. J'ai vu, longtemps après, des cimetières de feuillus, de grosses souches cariées et le vague tumulus des arbres abattus qu'on a laissés pourrir sur place.

Bien sûr, la terre ne voulait rien savoir. Elle ne pouvait que refuser son émancipation à celui en qui elle s'était trouvé une âme. (On peut regarder comme négligeables, à son point de vue, les réincarnations périodiques de cette âme, les figures aux noms alternés, Étienne, Jean, Pierre, Baptiste,... qu'elle habita successivement.) Le plus malaisé ne fut peut-être pas tant de lui confier chaque jour mille plants dans les premiers froids de l'automne ou le timide soleil des années trente que de l'empêcher, l'été, d'étouffer les germes de la forêt. Dix années durant, Baptiste disputa les frêles pousses à la voracité du couvert primitif, aux digitales et aux graminées. Lorsque la guerre arriva, il avait peut-être enrésiné le tiers de la propriété. Le pays, par places, ressemblait à la page 28. De jeunes arbres dominaient le fouillis, respiraient enfin tout leur soûl à trois mètres du sol. Baptiste pouvait s'absenter. Ils s'étaient détachés de la terre, de lui (c'est pareil) pour mener la vie indépendante, hautaine et séculaire des forêts.

Le temps qui s'était mis en marche précipita son cours à l'entrée de la nouvelle décennie. Baptiste partit un beau matin à la rencontre de Jeanne avec son rayon de miel, revint endosser l'uniforme de la cavalerie et s'en alla, comme son père vingt-cinq ans plus tôt, par le chemin.

Il aurait été bien inspiré de se tenir tranquille. Outre qu'on était en guerre, la signature du pacte germano-soviétique, au mois d'août précédent, avait eu, entre autres conséquences, qu'on l'avait destitué de ses fonctions de maire. Le colonel l'avait convoqué dans son bureau pour lui notifier solennellement sa déchéance. L'hiver s'était installé. Baptiste se faisait de la guerre une idée qui l'apparentait au différend féroce qu'il avait avec les arbres et les rochers. Il estima que l'impréparation, le désœuvrement, la mollesse où l'on s'enlisait compromettaient sérieusement une issue qu'il ne pouvait concevoir que terrible et victorieuse. Il avait depuis vingt ans sous les yeux, au bureau, le coq gaulois en bronze à la patte posée sur le casque à boulons, crevé, de l'ennemi. Il avait envisagé froidement, je suppose, le sacrifice suprême, pensé, lui aussi, comme les deux frères, la fois d'avant, qu'il y resterait — « Tornerei pas » — mais que, s'agissant de sauvegarder la vieille terre, le sol sacré de la patrie, c'est quelque chose qu'il pouvait faire, qu'il devait accepter. Il avait pris sa plus belle plume pour stigmatiser l'incurie du commandement et l'esprit de renoncement dans une feuille imprimée je ne sais comment, s'était retrouvé une nouvelle fois dans le bureau du colonel puis dans la cour de la caserne où on l'avait cassé de son grade de caporal et renvoyé dans le rang. J'ignore si cette mesure énergique fut assortie ou non d'un séjour au cachot. Le printemps était arrivé et l'ennemi fournit à ses vues une éclatante justification. Il se retrouva prisonnier sans que son corps de cavalerie eût été engagé contre les divisions blindées. Il n'aurait pas hésité. Ça faisait trois mille ans qu'il se colletait avec le granit de la montagne limousine. Il aurait tapé sur le premier tank qu'il aurait déniché dans l'herbe de mai jusqu'à ce que la carapace de l'autre, fêlée, rende un son creux, comme un rocher. Après quoi il serait allé attaquer le suivant et ainsi de suite aussi longtemps que la terre lui aurait opposé de ces curieuses productions. Mais la République n'avait pas voulu de ses lumières, de sa fureur quand il était temps et ce n'est pas l'État français, maintenant, qui allait le solliciter. Il avait trop à faire à muter d'office des personnes aussi dangereuses que Jeanne pour la sûreté générale et le salut public. Baptiste enfila un brassard d'infirmier et bénéficia des mesures d'élargissement précoce qui renvoyaient à leur foyer les personnels de santé capturés.

Il revint à point nommé pour ouvrir à Jeanne un chemin dans les neiges et l'assister, être là, quand Pierre naquit et mourut. Il se consacra à l'entretien de la propriété, dut remettre en culture, provisoirement, les surfaces destinées à l'enrésinement, faute de plant. Adrien rentra un peu plus tard après avoir marché huit nuits à travers l'Allemagne jusqu'à la frontière suisse et, de là, jusqu'au hameau.

Mais le temps avait changé. C'était du temps, qui passait, et non pas l'éternité tournant sur elle-même avec le ciel et les saisons, sur les hauteurs. La preuve, c'est que la guerre, le monstre qui avait ses repaires au loin, dans l'Est, pointa un matin son vilain museau à l'embranchement. Elle prit, pour la circonstance, le visage des bois criblés de lumière, l'apparence des choses pour livrer combat à ceux qui les habitaient, leur ressemblaient. C'est Adrien qui en fit, le premier, l'expérience, peu après l'invasion de la zone libre. Ce fut vers midi, sur le même chemin qui, l'espace d'une heure, avait débouché, pour Octavie, sur l'Amérique. Adrien rentrait, fatigué, les outils sur l'épaule. Il avait travaillé sur quelque parcelle, parlé avec les maquisards qui vivaient sous des huttes de branchage, tout près. Il était fatigué. Il arrivait à la maison. Quand il a compris, m'a-t-il dit, il n'était pas à trois mètres d'eux. Il a distingué d'abord des visages, dans le feuillage puis les armes puis, quoique mal, difficilement, les vareuses camouflées, les casques à boulons empanachés de feuilles et d'herbes. Ils étaient embusqués sous la haie. Si, en place de bêche ou de cognée, c'est sa mitraillette anglaise qu'il avait eue à l'épaule, ce jour-là, il n'aurait jamais su comment il mourait, pourquoi le pommier, les noisetiers qu'il avait plantés au bord du chemin lui lançaient des éclairs, le tuaient.

Puis ce fut le tour de Baptiste mais l'année suivante, quand il s'était encore écoulé du temps, du vrai, qui change tout, la face de la terre et le train du monde. Les maquisards s'accrochaient régulièrement avec les reîtres aux tenues bariolées, aux allures de bois — les boches. Baptiste, tout en égratignant le granit, ne dédaignait pas de s'occuper de cette bizarre végétation. Mais il s'est toujours interdit d'évoquer ce genre très particulier de bûcheronnage. Lorsqu'un jour, bien après la fin des hostilités, un visiteur évoqua ces jours et leurs sanglants travaux, Baptiste se tourna, le visage durci, vers les filles qui finissaient leur dessert, sous leurs grands nœuds blancs, et, contre son habitude, leur permit, les pria de bien vouloir quitter la table alors qu'on n'avait pas servi le café.

Donc, l'occupant avait décidé d'en finir avec les gens qui vivaient plus ou moins cachés dans les fourrés de la Marsagne, les jeunes pins du Puy du Rocher et montaient récupérer, par les nuits sans lune, les conteneurs pleins d'armes et de dynamite qui tombaient du ciel au bout d'un parachute, sur le plateau. Il se présenta, en masse, avec au moins un engin semi-chenillé déguisé, lui aussi, en pépinière de dix ans et qui trimballait, sur sa plate-forme, un canon automatique de vingt millimètres. Le talus masquait toujours la route au-delà du premier virage. Lorsque le cliquetis insolite des chenilles parvint à Baptiste et qu'il prit sa course vers le Puy du Rocher, il était trop tard. Il n'avait pas encore planté la combe, sous la maison, non plus que le talus, derrière. Sa silhouette bleue, trapue, devait se dessiner avec la plus grande netteté contre l'arène claire de la pente. Il courait à toutes jambes mais, naturellement, il allait bien moins vite qu'un avion, pour le tir de quoi la pièce de Flak motorisée montant par la route avait été spécialement étudiée. Elle avait ouvert le feu à peut-être trois cents mètres et manqué d'abord sa cible. Baptiste avait été environné de filaments lumineux, de geysers de sable, de stridentes aigrettes, d'éclats. Il avait alors plongé dans une ravine où il avait fait corps avec la vieille terre pendant que les projectiles labouraient le sol au-dessus de lui et le couvraient de débris. Quand la pluie de terre avait cessé, des fantassins, qui avaient revêtu pour le prendre la couleur des forêts et jusqu'à leurs rameaux, se penchaient sur lui et le menaçaient de leurs armes. Les habitants du Puy du Rocher avaient entendu le hurlement saccadé du canon et s'étaient dispersés. Il n'y eut pas de combat. Les boches repartirent pour Égletons, où ils avaient leurs quartiers, avec Baptiste pour tout gibier.

Ce fut décidément pour ces hommes et ces femmes — ou cet homme de trente siècles qui eut nom Baptiste et cette femme de trois mille ans qu'on appela Miette, et pour Jeanne, encore, qui était déjà un peu étrangère — un rude baptême, un passage mouvementé que celui qui les conduisit de l'éternité au temps. Ils n'eurent même pas le temps de se retourner, de considérer tout ce qui, à cet instant, se passait à grand bruit, en ce lieu où ils vivaient et mouraient et renaissaient depuis le fond des âges, identiques à eux-mêmes, inchangés, tels que la terre, les choses, sans interruption, les avaient requis.

Miette et Jeanne eurent à peine la fin du jour et la nuit pour désespérer. Baptiste bien moins que ça. On l'enferma au deuxième étage d'une bâtisse dont les portes étaient solidement gardées mais pas la fenêtre qui donnait sur une cour, laquelle n'était séparée que par un mur du jardin de la maison voisine. Les soldats n'avaient pas retiré la clef de la porte que Baptiste avait déjà ouvert la croisée, sauté dans la cour, franchi le mur et marché — pas couru, marché, lentement, comme un paysan, marché — jusque chez un cousin qui l'avait caché.

J'ignore s'il avait pu s'arranger pour faire prévenir Jeanne et Miette, si elles surent qu'il était vivant et libre avant que le camion déguisé en boqueteau ne s'arrête brusquement devant la maison et vomisse une douzaine d'Arlequins qui la visitèrent de fond en comble, l'arme au poing. Ils purent admirer le coq de bronze avec le casque amoché, pareil à celui qu'ils portaient, sous sa patte altière, le mobilier en chêne, les tableaux de Cottin. Ce n'est pas leurs fusils, les bandes de cartouches qu'ils portaient en sautoir, leurs tenues sylvestres ni leur parlure gothique qui allaient impressionner Miette. Les Goths, les Vandales et les Alamans, elle les avait déjà vus passer mille cinq cents ans plus tôt. Elle les reçut sur le seuil, s'effaça pour qu'ils aillent traîner leurs bottes cloutées dans le bureau, les caves, la chambre verte, partout. Mais quelque chose était resté en travers de leur chemin. Ils l'avaient rencontré, heurté à chaque pas et ça les avait gênés puisque l'officier, au moment de partir, les mains vides, se tourna vers Miette (Jeanne l'a entendu, dit, plus tard) pour lui présenter ses excuses. Ils auraient pu revenir mais ils ne revinrent jamais. Ils durent se dire que Baptiste s'était dit qu'ils pourraient revenir et qu'il ne rentrerait pas. C'est pourquoi il aurait pu rentrer. Mais il avait déjà tenté le diable. Il avait vu la terre jaillir sous ses pas, tonner, cracher des flammes. Il s'arrangea pour gagner l'Auvergne déguisé en paysan, c'est-à-dire en lui-même et s'employa dans une ferme jusqu'à ce que le pays se soulève et s'embrase. Égletons fut à moitié détruite par les combats et les bombardements. Les boches déguerpirent sous leurs branchages. Jeanne avait recueilli, sur la route, quelques douilles éjectées par le canon. Les petits cylindres dont chacun avait contenu, virtuellement, la mort de Baptiste prirent place sur la cheminée de la salle à manger. Ensuite, elle se rendit à l'autre bout du pré, je veux dire dans les monts du Cantal, à cent kilomètres, où se cachait le fugitif. Elle en revint chavirée du bonheur de l'avoir vu, retrouvé vivant, et horrifiée de ce qu'il vécût, comme au néolithique, dans une resserre de planches, dévoré de vermine. Lui ne gardait pas de ce temps un mauvais souvenir. En l'espace de quatre années, il avait été mobilisé, destitué, dégradé, capturé, libéré, mitraillé, repris. Il s'était évadé, exilé. Il avait eu et, aussitôt, perdu un fils. La guerre avait interrompu son négoce, suspendu la marche des forêts. Il pouvait respirer, un instant, rassembler ses forces en prévision de l'avenir, recouvrer ses esprits. L'été 1944 le ramena à la maison. La friche avait repris l'avantage. Dans les plantations, qu'il avait faites très serrées, les jeunes arbres commençaient à s'étouffer. Mais il était là. Il dut arriver un soir, hâlé, amaigri, mangé de poux, vêtu de hardes, pousser la porte et serrer contre lui

Jeanne et Miette réunies. L'aurore du lendemain le vit repartir, épouillé, propre, parfumé, dans des vêtements frais où, sans doute, il flottait un peu, à la rencontre des mélèzes et des épicéas, la cognée à la main pour éclaircir, réduire — à son image — leurs rangs.

L'intermède de cinq années qui avait apporté les reîtres peints, le bruit inconvenant de leur canon dans les solitudes et toutes sortes de complications inutiles et cruelles laissa double et triple besogne à Baptiste. Il avait pris du retard. Il manquait quelque cent cinquante mille arbres sur les croupes noires de 1930 alors que la guerre était finie, qu'on était beaucoup plus tard. Les coupes d'éclaircie devenaient urgentes partout où il avait planté quinze ans plus tôt. Il reprit la faux, le croissant, la houe-plantoir, les coins, gravit les crêtes qu'il couvrit de sapins et de pins, s'enfonça dans les vallons marécageux, infestés de joncs, où l'épicéa de Sitka, seul, consent à vivre et à prospérer. Quand on eut rétabli les communications ferroviaires avec le Bordelais, le nord de la France, la Belgique et que les affaires eurent repris un cours à peu près normal, il se fit tailler de lourds vêtements de voyage et s'absenta des mois durant. Ils avaient largement dépassé la quarantaine, Jeanne et lui, lorsque les deux filles naquirent, à un an d'intervalle et qu'il se remit à exister. Il réapparaît après un intervalle de vingt ans, méconnaissable, sur des photographies. Ce n'est plus le jeune homme grave, encore étroit, perdu dans le groupe rassemblé devant la mairie mais un robuste quadragénaire portant beau, souriant, une gamine de deux ou trois ans sur chaque épaule. Il faudrait être aveugle pour ne pas les reconnaître, lui sur la droite et, sur la gauche, Miette, mâtinées de Jeanne, avec un grand nœud blanc, comme un papillon, dans les cheveux.

Il lui fallut encore vingt ans pour finir de changer la face du monde, convertir chaque pouce carré des champs pierreux, des pâtures maigres, des landes sèches et des mouillés qu'il avait reçus en un seul massif forestier. Les Douglas qu'il avait plantés de part et d'autre de la route, avant l'embranchement où il a laissé subsister le bouquet de chênes, montaient déjà à quinze et vingt mètres le jour où je vins et qu'il neigeait. Leurs branches se rejoignaient au-dessus de la chaussée. Ils formaient un berceau après lequel, grelottant, les pieds gelés, le cœur arrêté, je découvris, d'un seul coup, la maison à travers la bourrasque, l'or d'une lampe derrière la fenêtre, ce que c'est que vivre, agir, la terreur et, peut-être, l'espoir, le temps, maintenant.

Il coupa, quarante ans plus tard, les arbres plantés dans le décor nu, fuligineux, de la page de frontispice. Il atteignit la fin du livre unique dont il avait été l'homme. Il put voir le cœur rouge des grands Douglas verts. Ils avaient tenu dans la coiffe de son chapeau, jadis. Quand il les abattit avec la grosse tronçonneuse américaine, leur chute fit trembler la terre. Parfois, il s'enfermait au bureau avec les filles qu'il n'eût plus été convenable mais pas autrement difficile, pour lui, de jucher sur ses épaules. Il leur communiquait un grand luxe de détails sur les parcelles dont il avait déployé les relevés cadastraux. Quand je suis monté de la sous-préfecture avec l'air, la carrure et la tenue d'un gandin de sous-préfecture, il a vu, compris que c'était la fin. Bien sûr, il s'y était préparé. Il y travaillait depuis 1904. Il les avait métamorphosées afin qu'elles persistent, seules, sous la protection des forêts. Mais quoiqu'on ait fait en prévision de l'éternité d'absence où l'on va entrer, comment ne pas s'attrister, secrètement, de la venue du temps où l'on sera sorti du temps.

Je l'ai vu, trois années durant, tel qu'il était depuis le commencement, le sien mais, fort en deçà encore, celui de l'âge qui aura duré trois millénaires, sur le plateau, entre l'instant où les choses se trouvèrent une âme et celui, que j'ai vu, connu, où elles l'ont perdue. J'ai assisté au retour du soir, à l'irruption, vers midi, de la brouette, à l'avalanche de bûches tandis que Jeanne, la cuiller en bois levée, s'étonnait, comme au premier jour, de l'intrusion de la vie sauvage dans la cuisine. Je l'ai même aidé à guillotiner la dinde de Noël, une bête énorme, complètement idiote contre laquelle, pourtant, il m'avait mis en garde. Je m'étais plus ou moins assis dessus et tenais fermement (je croyais) son cou épais à la racine tandis que Baptiste, affaibli, tapait avec un marteau sur le dos d'un hachoir qu'il lui avait posé derrière la nuque. L'autre a fini par soupçonner qu'elle touchait à son heure dernière, à ruer et virevolter comme un cheval alors que je ne savais pas monter, moi, que c'était la première fois de ma vie que je faisais de la dinde. Je ne serrais pas suffisamment le cou (bien que j'aie cru) pour l'empêcher de s'agiter comme une lance à incendie. Ça n'a pas manqué. Il m'a échappé à la seconde où les carotides sectionnées crachaient le sang et la veste neuve que Baptiste avait passée pour faire son office en fut aspergée. C'est vers la même époque que je mis la main sur la tronçonneuse, le modèle antique, sans sécurité, qu'il avait employé vingt-cinq années durant, pour la déplacer. J'ai vérifié qu'elle n'était pas amarrée au sol cimenté de l'atelier, comme un chien méchant ou une bête féroce, un de ces grands félins que les peuples des déserts aiment à s'associer. Il n'y avait pas d'écrou, de chaîne, juste la vingtaine de kilos de métal que l'engin pesait, la trompeuse inertie qu'il observait jusqu'à ce qu'on lance le moteur et que ce soit, d'un seul coup, comme un léopard furieux qu'on aurait eu entre les mains. J'ai fini de comprendre ce dont j'avais eu, dix ans plus tôt, l'intuition dans la nuit où Baptiste avait surgi comme une inquiétante apparition, de la même étoffe que le bois, le roc vers lesquels — de cela aussi j'avais eu l'intuition, le dessein — il me faudrait revenir, effaré, grelottant, à travers la neige intacte qui scellait la contrée.

Nous avons pris peu à peu l'habitude de parler, prudemment, comme sur quelque frontière. Il ne m'a rien dit du grand travail qui avait rempli sa vie, des traverses et des périls par lesquels il avait passé ni du secret désespoir dont ma présence devait le remplir, même s'il s'y attendait, même si c'est en prévision de cela que, cinquante années durant, il avait défriché, pioché, planté, converti crêtes et combes en forêt. Il savait qu'il était le dernier, l'esprit opiniâtre qu'on verra aux bois, aux rochers, à la brande s'ils s'éveillent un jour à cette chose qu'on appelle l'âme et qu'ils lui avaient provisoirement confiée. Et c'est pour s'être su tel, séparé, en quelque sorte de lui-même, éloigné — quand ce n'était qu'afin de revenir et de rester — qu'il pouvait accepter, se taire,

m'entretenir des seules choses qu'il m'ait jugé
capable d'envisager, de comprendre. Il n'a jamais
parlé d'élagages ni de coupes. Il lui avait suffi d'un
coup d'œil, le premier, pour savoir comment
l'affaire aurait tourné. Ce n'est pas la chaîne dentée
qui aurait coulissé sur son guide. C'est moi qui aurais
tourné à toute allure, comme une fronde, autour de
l'engin inamovible, au pied de l'arbre amusé.

Il était malade depuis longtemps sans que la
nature de son mal fût bien établie. Il se soignait,
énergiquement, avalait sans sourciller des médica-
tions abominables, n'entendait rien savoir des accès
de faiblesse auxquels il lui arrivait d'être sujet.
Lorsqu'il s'était évanoui sous un arbre et que la tronçonneuse lui avait labouré la figure, il s'était borné à
se faire recoudre et avait cultivé, quelque temps,
pour Jeanne, une petite moustache. La maladie, avec
l'âge, prit un tour plus aigu. Il se fit conduire à
Limoges, pour un prélèvement. Nous devions aller le
chercher, le lendemain matin. Nous nous sommes
levés de très bonne heure. Les jours entraient dans
leur déclin. Il faisait nuit noire et froid lorsque nous
avons pris la route des crêtes, entre les hêtres. Nous
avons vu le médecin, dans le couloir, qui nous a dit.
Nous avons eu peut-être dix secondes pour nous
composer un visage. Déjà, Baptiste était là, vêtu avec
soin, comme pour un grand voyage, sa valise à la
main. J'ai assisté, pour la seconde fois, dans la froide
lumière du couloir ripoliné, à ce qu'une fois, déjà,
dans ma vie, j'avais surpris sans comprendre et que,
maintenant, j'avais fini par m'expliquer un peu. J'ai
vu ce qui, de prime abord, avait été pour moi un
mystère et le resta longtemps, la filiation profonde,

l'identité secrète entre cet homme né de la terre, pareil à elle, à la lande, aux bois et la grâce farouche, singulière, des filles qu'il avait engendrées après que, femmes, elles l'eurent porté.

Ce qui serait bien, c'est que nos jours, d'eux-mêmes, se rangent derrière nous, s'assagissent, s'estompent ainsi qu'un paysage traversé. On serait à l'heure toujours neuve qu'il est. On vivrait indéfiniment. Mais ce n'est pas pour ça que nous sommes faits. La preuve, c'est que l'avancée se complique des heures, des jours en nombre croissant qui nous restent présents, pesants, mémorables à proportion de ce qu'ils nous ont enlevé. Ils doivent finir, j'imagine, par nous accaparer. Quand cela se produit, qu'on est devenu tout entier du passé, notre terme est venu. On va s'en aller.

Il me semble toujours que nous rentrons par la route des hêtres. Les bois miroitent. Le ciel, quand il jaillit au sommet des crêtes, est du bleu acide, intense qu'il prend sur les hauteurs. On ne l'avait pas, dans la plaine, où il était décoloré par la chaleur et comme poussiéreux. J'ai découvert son existence en même temps que la neige, les grands bois, la solitude, l'espérance et la peur, le poids des choses et leur vouloir. Quelque chose, toujours, de l'éternité scintille sur le plateau mais des pans de ténèbres semblent accrochés dans l'étincelante lumière, le froid du matin persister dans la chaleur aride de midi. Baptiste, près de moi, ne dit rien. Il sait. Il est avec nous et c'est, pourtant, comme s'il répondait de loin lorsque nous lui parlons. Nous n'arrivons qu'en début d'après-midi à la maison où Jeanne a attendu tant de fois et c'est en ce jour trompeur d'août, lumineux et comme parcouru de nuit, que Baptiste, à trois ans de sa fin, s'absente à lui-même, à toutes les choses. Il les a transfigurées pour qu'elles se maintiennent sans lui ni personne au-delà de lui, à perte de vue. Le pays ressemble à l'image qui manque à la dernière page du livre de Vazeilles. L'arbre a conquis les vallons, gravi les pentes, coiffé les sommets. Les hauteurs ont perdu leur nuance gris-bleu — le noir épais des vieilles photographies. Elles portent le vaste manteau des forêts, d'un vert sombre, profond, immuable, dehors, et dedans, au revers, d'un roux non moins persistant en l'absence, sous le couvert, de vie.

La mort entra bien avant l'heure dans la maison. Le silence, le cerne qu'il forme autour des voix, des gestes s'étendit. Baptiste s'allongea dans une chaise longue, les yeux clos. Berthe mourut, la première, puis ce furent le dernier printemps et le dernier été. Le mal empira. Jeanne rassembla le nécessaire. A la Toussaint, ils quittèrent la maison, les choses pour nous rejoindre, à cent lieues de là. Il fallut hospitaliser Baptiste peu après. Il était impatient de mourir et les forces lui manquaient pour exécuter son projet. C'est tout ce qu'il m'ait dit durant l'affreux automne. Sa voix semblait provenir de cent lieues, des profondeurs de l'absence. Il connut une brève et inutile rémission, quitta l'hôpital et tomba près de Jeanne. Elle me parla du rayon de miel tandis qu'il s'éteignait derrière la porte après avoir prononcé par deux fois son nom. C'est moi qui ai raccompagné le corps jusqu'au petit cimetière où Miette, les Pierre, le père maladroit et l'enfant mort et tous les autres attendaient Baptiste, la dernière hypostase de l'être de trois mille ans que les hauteurs avaient engendré et qui retournait, la tâche faite, en son sein.

Jeanne, sa vie durant, avait eu sa vie propre, sa classe, ses livres sous la lampe. Sa candeur native, rayonnante, inaltérable, outre qu'elle l'avait protégée de l'esprit du lieu, de Miette et d'Octavie, lui avait assuré sur Baptiste un ascendant dont elle ne devina jamais l'étendue ni ne se préoccupa de démêler la cause. Aussi longtemps qu'ils vécurent, elle le regarda, l'estima pour ce qu'il était et il se demanda quel homme elle pouvait bien aimer, se regardant, quant à lui, comme la somme des choses dont émanait sa volonté et comme cela seulement. Il ne put voir, étant mort, que Jeanne n'avait vécu que par lui. Elle n'était elle-même, à ses lectures, aux délicats travaux d'aiguille, à la sérénité de son cœur qu'autant qu'elle avait près d'elle le furieux par qui elle avait été à l'inquiétude, au bruit, au mouvement — au monde. Son cœur, éprouvé par la disparition de Baptiste, et, avant cela, par le tumulte et les alarmes qu'avec lui elle avait épousés, défaillit. Elle prit aussitôt, sans mot dire, le chemin où il s'était engagé, plein d'impatience, toujours, triste et se croyant jusqu'au bout mal aimé. Elle attendit quelques semaines, le temps, précisément, que le dernier-né arrive, avec les traits de Baptiste, sa tête ronde, son prénom, tout ça. Elle le contempla un long moment, infime encore, muet, dans son berceau, oublieux, comme au sortir d'un Léthé puis elle reporta son regard vers l'ombre, le silence où son ombre farouche, inapaisée, l'attendait. J'étais là. Je l'ai vue, grave comme une petite fille, comme la jeune femme qu'elle avait été, jadis, au seuil de la maison d'école tandis que Baptiste venait par la lande à sa rencontre. Peut-être devinait-elle, dans l'effrayante ténèbre, un rayon d'or et comme un imperceptible parfum de miel. Il avait plu tout le jour. Un mince bandeau de lumière avait surgi, avec le soir, entre la sombre coupole des nuages et la ligne des crêtes couvertes de sapins. Les derniers mots qu'elle proféra — « Je suis inquiète » —, ce fut d'une voix ferme, que l'imminence de la destruction ne pouvait altérer. Puis la nuit vint. Elle nous quitta un peu avant l'aurore. Et Baptiste sut enfin, là-bas, en l'absence des choses où il l'attendait, qu'il était celui qu'elle avait aimé.

V

Dix ans, c'est ce qu'il restait à vivre au dernier des enfants de Miette, la quantité de temps prise encore sous le verre, avec ses quatre figures en médaillon, comme autant de coupons qu'une invisible main détacherait à échéance.

La disparition de Baptiste me rapprocha d'Adrien. Non, ce n'est pas ce qui s'est passé. Ni Adrien ni moi ne nous sommes rapprochés. C'est Adrien qui a concentré sur lui tout ce qui, longtemps, avait été épars, les visages et les voix, les gestes, les êtres semblables — l'être multiple — auxquels le temps, le rang avait imprimé, seul, leurs nuances et leurs destins divergents. Il a gardé son visage, le même qu'Octavie, et la silhouette mince de ceux qui s'adonnent à des travaux de précision dans la durée suffisante, homogène d'un atelier ou d'une grande école, à Paris. C'est lui, à n'en pas douter, qui s'amusait de mes jeux, du parti gratuit, inutile qu'il m'avait pris fantaisie de tirer de vieilleries que j'allais récupérer dans les granges où Miette les avait serrées ou bien dans une casse voisine, auprès de Bohémiens, sa voix gouailleuse qui feignait de trouver drôles les associations contre nature de vieux outils, de vieilles pièces de forge mutilées, déformées et recombinées à l'arc électrique. Mais c'était, parfois, lorsque je baissais le masque et levais les yeux, une seconde durant, son frère qui se penchait vers moi, sa voix qui me souhaitait le bonjour. Je reconnaissais aussi l'accent vindicatif d'Octavie, son intonation de chipie dans celle de Baptiste et d'Adrien confondus. Sans doute que celle de Lucie, plus naïve, s'y serait trouvée mêlée si, l'ayant entendue plus souvent, je l'avais eue dans l'oreille. Et j'incline à croire que les mots, la vibration particulière de l'air qui, dix années durant, troublèrent très légèrement le silence grand, presque triomphant, étaient ceux dont la lande avait frémi trois millénaires plus tôt lorsque les hauteurs avaient trouvé une âme et, depuis lors, continuellement. Quant à moi, j'étais là, petitement occupé à dénaturer les vestiges de la vie puissante et riche et, pour dérisoire que ce fût, cela pouvait passer, encore, pour une présence aux yeux de celui qui portait seul un monde aboli.

Avec leurs trajectoires respectives — rester, partir, partir pour revenir, s'en aller pour rester —, la distribution initiale avait assigné aux enfançons de 1910 non seulement leurs objets respectifs et les dispositions adéquates mais les sentiments dont ils seraient réciproquement animés.

Adrien regardait Octavie comme Baptiste mais celle-ci, en retour, distinguait nettement entre eux. Baptiste, pour elle, incarnait les choses mêmes, c'est-à-dire l'oubli de soi, l'abnégation et la rudesse à toute épreuve au prix de quoi elles persisteraient dans leur être, fût-ce sous l'apparence neuve, toujours verte, des forêts. Il n'avait ni indulgence ni miséricorde à attendre de sa sœur. Elle lui aurait rappelé à la moindre défaillance qui il était ou plutôt ce qu'il était. Elle n'eut jamais à le faire. Il s'en était lui-même si bien persuadé qu'il put se croire dépourvu d'existence personnelle. Cette confusion fut la cause du malentendu qui le tourmenta jusqu'à ce que Jeanne nous abandonne pour lui donner la paix qu'elle n'avait pu lui procurer tant qu'il était parmi les choses et qu'il lui était interdit de distinguer.

Adrien, avec le rang de benjamin et la liberté ou la privation ou la dépossession — c'est pareil —, pouvait inspirer à sa sœur un sentiment pur, visant sa personne et non, à travers elle, des étendues de bruyère et de genêt, avec la révérence sévère, sans faille ni faiblesse, que ce genre de truc, ce type d'endroit est de nature à inspirer. Elle s'était occupée de lui lorsque, vers vingt-cinq ans, il était parti s'embaucher dans les ateliers de la RATP et que, déjà, son sort à elle était réglé. Elle se savait, à vingt-sept ans, vouée à finir au lieu où elle avait commencé, à vieillir solitaire après que, l'espace d'un matin, l'Amérique s'était rapprochée, dressée derrière les chênes, à l'embranchement du chemin. Il ne me l'a pas dit comme ça, directement. Il ne se souciait pas de tenir ensemble les choses, comme son frère aîné, non plus que les mots, la mémoire, le récit complet, ordonné, de leurs origine, valeur et avatars qu'Octavie détenait, en sus de la connaissance des lois et propriétés les plus générales de la quantité. Il était vraiment libre. Il agissait et parlait au gré des circonstances, en cas de besoin. Il fallait un outil ancien, une pierre de forme étrange, un orage très violent, un objet à mes yeux insolite ou inexpliqué pour lui rappeler tel moment révolu, telle figure anéantie. Ils surgissaient alors de la chose avec laquelle ils s'étaient trouvés associés, confondus.

J'étais un jour en train d'essayer d'évaluer la circonférence d'un gros Douglas en passant, comme on m'avait appris à l'école, par le rayon, puis par deux et enfin par pi. Adrien me regarda et me livra la réponse en me suggérant d'aller directement du diamètre multiplié par trois au résultat. « C'est ma sœur, ajouta-t-il, qui me l'a dit », et ces mots, le ton dont ils furent dits, contenaient l'écho de la sollicitude qu'Octavie, disparue, avait eue plus d'un demi-siècle plus tôt pour son cadet.

J'imagine que le choix de Lucie, son mariage traditionnel à trois ou quatre kilomètres de distance, l'avait séparée d'Adrien comme de Baptiste et d'Octavie. C'est pour être restée, ainsi que les femmes avaient fait, avant elle, aux heures immobiles, qu'elle s'éloigna de ses frères et sœur puisque tous, à un moment donné, avaient dû s'en aller. Elle n'apprit pas à se servir d'une voiture. Sa vie se passa dans la ferme isolée où elle était entrée bru. Pierre (le sien) se chargeait du monde extérieur. Il conduisit jusqu'à sa mort, à plus de quatre-vingt-dix ans. On le redoutait, dans les parages et jusque sur les marges des communes voisines. Il voyait mal. Il ne distinguait pas grand-chose au-delà de l'extrémité du capot et n'admit jamais que d'autres véhicules, des passants ou des vaches pussent exister derrière l'image proche, parfaitement dégagée, où il s'enfonçait de toute la vitesse de sa 2 CV. Les deux beaux-frères se croisaient au hasard des routes étroites, tortueuses, qu'ils empruntaient. Ils s'arrêtaient tête-bêche, portière contre portière, en plein virage, n'importe où, moteur au ralenti et, par la vitre baissée ou relevée, échangeaient les nouvelles. Lucie mourut. La vue de Pierre se rétrécit jusqu'à n'embrasser plus que son tableau de bord. Lorsque Adrien le rencontra pour la dernière fois, il n'évita le choc frontal qu'en se jetant dans le fossé. Sa roue heurta une souche et se coucha sur le moyeu tandis que Pierre passait en trombe et s'éloignait dans son image.

C'est entre les deux frères que l'ordre des choses avait instauré la plus forte tension. Adrien est encore sans visage, un être flou sur les genoux de Miette, qu'il découvre, au-dessus de lui, la figure de Baptiste, et, sur elle, le reflet, le vouloir et jusqu'à la substance du monde auquel il naît.

A une génération de distance, quand rien n'existait que les hauteurs, que l'éternité régnait sur la lande, il serait devenu l'oncle célibataire qui dort dans la grange et fournit, sans contrepartie, un obscur labeur. Mais c'est maintenant. C'est 1910. Le temps monte des plaines. Il s'insinue dans les vallons, gravit les pentes comme un ruisseau remontant à sa source, l'éveillant. Il infiltre l'arène pâle, esquisse des lointains. La guerre précipite son cours. En l'absence de Pierre (celui de Miette), Baptiste prend prématurément la stature, le poids, l'épaisseur des choses et s'y maintient. Il ne reste plus au cadet qu'à se désintéresser du travail de ferme, des labours, des fenaisons et des moissons, les derniers avant que la terre ne réclame le manteau de forêts qui la couvrira pour toujours. Il s'absente, pilote une moto, se

forme chez les serruriers, acquiert cette habileté qui
signe ses moindres contributions à la maison de
1930. Octavie, lorsqu'elle rentre, le samedi, de
Limoges, lui inculque les principes de la géométrie.
Je ne sais pas où ils sont assis, au bureau, peut-être,
ou bien dans la salle à manger, côte à côte, avec leurs
visages semblables, leurs corps pareils, minces et
fermes leur rang de cadet, l'un après Baptiste,
l'autre suivant Lucie. C'est là qu'Adrien apprend de
sa sœur l'art de calculer, le détour rationnel,
l'approche méthodique. L'électricité n'est pas
encore arrivée. La lumière jaune d'une lampe à
pétrole éclaire le livre de mathématiques, la règle en
poirier, le compas, la main soigneuse d'Adrien et
dessine, sans douceur, à la frontière de l'ombre, derrière l'amère fumée des Balto, les traits d'Octavie.
J'ai cru comprendre que Miette avait fait, pour
Adrien, une exception. On ne lui avait rien passé.
On l'avait regardée pour rien. Sa force, sa grandeur
furent d'adopter sur elle-même le point de vue qui la
faisait telle — rien — et de s'imposer, par là, à quiconque a la faiblesse de se prendre pour quelque
chose, de se croire quelqu'un. Elle vit que son benjamin risquait de rester toute sa vie l'être flou, sans
visage, que montre la première photo. Elle savait
d'expérience ce que peuvent les choses, celles dont
elle s'était faite l'âme après qu'elles eurent foulé son
cœur. Elle ne fit rien pour contraindre Adrien à leur
obéir, à prendre la part mauvaise de l'oncle célibataire, à rester l'ombre pâle qu'on voit, qu'on avait
vue peiner dans l'ombre de l'aîné. Elle ne dit rien
quand il s'absentait à l'heure des foins ou des
récoltes et que l'orage s'amoncelait derrière la Mar-

sagne. Sans doute approuva-t-elle son départ au moment où Pierre, sous la nuit tombante, demandait à Octavie de suspendre sa course et de rentrer à la maison.

Des quarante ans qu'il passa à Paris, il ne m'a rien dit. Ce qu'il y a, là-bas, où il avait pris femme, élevé ses enfants, travaillé, semblait pour lui n'exister point, avoir eu lieu, passé comme si de rien n'était ou qu'il n'eût pas vraiment vécu, lui, été à cent lieues d'ici pendant quarante années.

Lorsque, au lever du soleil, il passait me saluer, à l'atelier, et que je m'arrêtais pour l'écouter, c'est invariablement des entours immédiats, du lieu même qu'il m'entretenait. Jamais ce dont il m'entretenait dans le silence intact de l'aurore ne s'est trouvé hors d'atteinte de la voix qui m'en parlait. Sa vibration précaire, légèrement assourdie, devait se propager jusqu'aux Plates, atteindre, par-dessus le vallon profond qu'ils dominent, les sommets de la Marsagne et s'insinuer, à travers les rangs des pinèdes, derrière la maison, jusqu'au Puy du Rocher. Peut-être est-ce pour cela que les figures d'autrefois, que l'être de toujours qui mourut et ressuscita sous les noms alternés de Jean et de Marie, d'Étienne et de Catherine, n'étaient pas absents du petit jour, dans l'ombre attardée au pied des bois. Ils étaient là quand la voix d'Adrien, qui était celle, désormais, de Baptiste et encore d'Octavie, de Miette et de Lucie et sans doute de Pierre, le père absent, résonnait dans la paix intimidante, surhumaine de l'aurore. Et même maintenant qu'il s'est tu, il ne me semble pas, lorsque la nuit s'achève, que l'endroit soit désert. Je me surprends à pousser les portes comme on fait quand il y a des gens derrière. Je ne voudrais pas qu'ils me regardent éternellement comme l'intrus monté, un jour, de la plaine avec pour tous viatique et recommandation sa vie comme un petit caillou dans le creux de sa main.

A sa retraite, Adrien regagna la maison natale, celle de 1610. Elle était à peu près en l'état où elle se trouvait, une quarantaine d'années auparavant, lorsqu'on l'avait abandonnée pour l'autre, où Baptiste vivait maintenant avec Jeanne et Berthe. Il s'y établit en compagnie de l'outillage perfectionné qu'il avait descendu de Paris. La mésentente s'était depuis déjà longtemps glissée entre sa femme et lui. Celle-ci, d'origine parisienne, n'entendait surtout pas le suivre dans son désert où elle savait qu'il lui faudrait affronter l'esprit du lieu et, particulièrement, les versions très redoutables qui avaient nom Miette et Octavie. Elle resta à Paris. Adrien rentra seul, plein d'amertume et de colère. Miette, qui avait encore un an à vivre, l'accueillit après quarante années d'absence. Elle s'ingénia, semble-t-il, à durer jusqu'à ce que les quatre qu'elle avait portés, tenus, jadis, auprès d'elle, fussent à nouveau rassemblés. Elle vivait au bourg avec Octavie et aucun de ses trois autres enfants ne se trouvait éloigné d'elle de plus de deux kilomètres. Le compte y était, le temps accompli. Elle avait fermé la boucle, voulu ce qu'elle avait refusé, vécu au mépris d'elle-même, subi dans sa chair puis incarné l'immémoriale loi des choses. Elle n'eut pas une plainte, pas l'ombre d'une crainte. Un matin, au réveil, elle déclara qu'elle était fatiguée. Lorsque Octavie revint, elle avait cessé d'exister.

Adrien édifia seul sa maison à quelques mètres de l'ancienne. Mais les matériaux qu'il employa, la forme qu'il lui donna, originale, parisienne, ne rappelaient en rien les classiques bâtisses de granit gris, à couverture d'ardoise, du hameau. Sur ce point aussi, il fit montre d'indépendance. Mais elle n'était, en réalité, que l'effet de son rang, du flou dans lequel, dès l'origine, il est plongé et que la première photographie qu'on ait de lui a enregistré.

Le ton ironique qu'il pratiquait, la femme qu'il avait épousée, son habileté, son goût étaient d'ailleurs. Et pourtant, c'était comme Octavie et Miette et tous les autres, avant, pareil. C'étaient les choses, leur détermination, mais négative, l'apparence de liberté, l'indétermination malheureuse qu'elles assignaient aux cadets après s'être annexé, aliéné l'aîné. Elles ont marqué, comme en creux, de leur empreinte les actes majeurs d'Adrien. Elles ont oblitéré les quarante ans qu'il a passés au loin, qui furent, dans sa vie, comme un intermède vide, négligeable, oublié. Elles donnaient une inflexion railleuse à sa voix, à la vibration commune lorsque c'est en lui, par lui qu'elle résonnait. Elles laissaient flottante, presque incontrôlée, la fureur dont il était, lui aussi, animé, à titre provisionnel mais qui, en l'absence de son véritable objet, s'éparpilla en tous sens au risque parfois de le détruire.

Ses amours furent tumultueuses de part en part pour avoir été laissées à l'improvisation, lancées dans l'inconnu. La rencontre de celle qui deviendrait sa femme le frappa de commotion. Il parut ne pas pouvoir souffrir sans dommages graves, sans péril pour sa raison et pour sa vie, de rester un instant de plus séparé d'elle. Elle se trouvait alors à Paris et lui près des siens. Baptiste s'aperçut du danger. Il poussa son cadet tétanisé dans sa voiture et le conduisit à Limoges, chez quelque médecin à qui il exposa le cas et réclama un traitement énergique. Adrien fut soumis, séance tenante, à des électrochocs et il avait recouvré à peu près ses esprits lorsqu'ils revinrent par la route des hêtres. Mais ni le mariage ni la vie commune ne permirent d'ajuster une inclination prédéterminée depuis trente siècles à ce qu'on appelle une Parisienne et dont l'apparition avait frappé Adrien du haut mal. Ils ne réussirent jamais à s'entendre. Le retour d'Adrien consomma le divorce inscrit, dès le départ, entre la manière d'être assortie à Paris et celle que l'on tient de la lande, des rochers, de la grande temporalité.

Les rapports réciproques des deux frères furent pareillement malheureux pour avoir été subordonnés à leur rapport respectif aux choses. Elles s'étaient emparées de Baptiste mais Adrien ne se trouvait pas pour autant délivré d'elles, rendu à lui-même, ouvert à quelque vie nouvelle, comme Octavie. C'était un garçon et la différence qu'il y a, ce qui les distingue des filles, c'est qu'ils ne croient pas pouvoir tirer d'eux-mêmes une existence à eux. Ils s'en remettent aveuglément sur quelque chose tierce du soin de leur fixer une destinée, de régler leur conduite. Quand elle leur fait défaut et qu'ils pourraient, en son absence, considérer toutes les autres, vivre ailleurs, faire autrement, on les voit dépossédés, par l'empire de cette absence, de tout ce à quoi elle les avait enfin laissés, des lointains, de Paris, du monde entier. C'est pour ça, par dépit, cécité, faiblesse qu'ils anéantirent l'espérance des fillettes. Ils leur notifièrent, un soir, sous les arbres, qu'elles pouvaient prendre le deuil de l'Amérique prochaine ou, simplement, du borgne, blanc jusqu'au genou de la poussière des routes, qui s'en revient à pied. Octavie était libre. Elle savait, comme Miette avant elle, et toutes les autres, sans doute, ce qu'elle voulait. Elle se rangea à l'avis de son père qui ne concevait pas qu'on voulût autre chose que ce dont il était à son insu la voix tyrannique. Adrien, étant homme et en dernière position, aurait pu suivre son inclination singulière, examiner — puisqu'il était pareil à Octavie — le théorème de Fermat, s'embarquer. Nul n'y aurait trouvé à redire. Il s'arrêta aux portes de Paris. Son corps, pendant quarante années, s'activa là-haut. Il foula un pavé illustre, côtoya des monuments célèbres, respira l'air subtil des capitales mais son âme était restée en arrière. Elle hantait la lande, séparée, inconsolable, rôdait sous le couvert spectral des sapinières, au rebours d'Octavie qui était revenue mais dont l'esprit vagabonda à des milliers, à des millions de lieues de la maison triste qu'elle habitait au bourg, aux rivages opposés de l'océan, dans les profondeurs de la voûte étoilée.

Lorsque Adrien rentrait, aux vacances, il avait son frère sous les yeux. Il pouvait suivre la lente métamorphose que son travail d'esclave, sa furieuse hâte imprimaient à la face de la terre. Lui-même entreprit de convertir en bois les parcelles qu'il avait reçues aux termes du partage effectué en présence de Miette, dans le silence spécial des études notariales, quand on assigne à des êtres de chair, à de périssables créatures leur part des choses éternelles. On dirait, à ce moment-là, que le granit, le ciel, l'éternité se sont immiscés dans la grande pièce fanée aux murs couverts de cartonniers pareillement fanés, qu'ils ont délégué parmi les hommes qui parlent d'eux à voix basse, contenue, leur grande voix, le silence qu'on perçoit partout et jusqu'à travers les murs épais des maisons. Mais il manquait à Adrien d'être à lui-même, cette chose ou cet homme qu'on appelle l'aîné et qui n'est que les choses faites hommes, un homme fait choses. Qu'il en ait souffert d'emblée comme il souffrit plus tard de l'exil et de ses amours, cruellement, cela se vit à la fin quand Baptiste, son devoir accompli, s'était comme retiré, n'attendait plus que de mourir. La question vint, entre eux, je ne sais comment, de l'appartenance de quelques mètres de chemin caillouteux, de talus inculte et Adrien frappa son frère au visage. La main vide, qu'il avait rompue à l'habileté, à la précision, faute d'étendues sauvages, hirsutes, avec lesquelles sauvagement s'empoigner, il la ferma pour les atteindre, les meurtrir, elles qui l'avaient divisé, dépossédé, bouillant de fureur inemployée.

Baptiste reçut le coup comme l'aurait fait un roc. C'est la terre, sa face rude, la bruyère, les futaies qui reçurent le coup. Il était extérieur à lui-même, à sa chair et, pour son désespoir, à son âme, à ce que Jeanne, dans sa très clairvoyante candeur, avait aimé en lui. Il en conçut sans doute la tristesse sourde, impersonnelle de la terre lorsqu'un homme, de colère, avec son outil ou à main nue, en frappe la surface. Une ou deux années durant, les deux frères vécurent à cent pas l'un de l'autre, toujours, mais sans plus se voir ni se parler. Puis Adrien dut être hospitalisé une première fois. Baptiste, malgré la fatigue, le détachement, s'habilla avec soin et se rendit au chevet de son frère, à la ville. Puis il regagna la maison et s'allongea. Lorsque Adrien eut quitté l'hôpital, il revint, comme à l'ordinaire, prendre chaque matin des nouvelles et bavarder un instant avant de revenir à ses travaux. Nous avons soigneusement veillé, tous les deux, à ne pas parler de Baptiste pendant les treize années qu'il lui survécut, tâche d'autant plus délicate que tout, la maison, les grands arbres, autour, l'air et parfois même la veste maculée de vieux sang de dinde que j'avais passée, un vieux chapeau que j'avais décroché pour me protéger de la neige, lui avaient appartenu. Je dus moi-même figurer, aux yeux d'Adrien, quand il s'était mis à ressembler à Baptiste, un étrange et troublant épouvantail.

Puis ce fut le dernier printemps et l'attaque qui terrassa le dernier enfant de Miette au bord de la route déserte où il attendit longtemps qu'on le relève et l'emporte. Il mourut quelques jours plus tard. Juste avant de s'éteindre, il parut pris d'une inquiétude, chercha quelqu'un du regard et finit par demander pourquoi son frère ne venait pas.

L'annonce faite à Baptiste de sa mort prochaine survint au moment où les plantations, soustraites, par ses soins, à l'étouffement des fougères, à la rivalité des feuillus, éclaircies, élaguées, s'en allaient, seules, vers l'éternité où elles sont entrées. Les hauteurs, couvertes du grand manteau toujours vert qu'il avait ourdi, point par point, pendant un demi-siècle, le laissèrent enfin à lui-même, c'est-à-dire à rien puisqu'il ne s'était jamais considéré comme un être distinct. Il s'allongea et trois années durant, silencieux, morne, impatient mais sans plus de forces, désormais, pour la devancer, il attendit la mort. Son âme l'avait quitté. Elle était maintenant dans les arbres où son corps, vaincu, comme désaffecté, ne pouvait plus la retrouver. Octavie, lorsque son tour vint, peu après, ce fut l'inverse, un esprit indocile, curieux toujours de tout jusqu'au bord de l'abîme et n'entendant point que la machine presque détruite à laquelle il se trouvait vaguement joint entravât sa course lointaine.

Il est étrange de voir l'impulsion initiale, la répartition des quatre enfants sur les six années dont ils étaient séparés, à l'origine, gouverner leurs conduites jusqu'à l'instant où ils partirent.

Sans le vieux sol pour le soutenir puis le quitter, comme Baptiste, sans la vision neuve, abstraite, sidérale qui occupait Octavie au mépris de son corps et des corps étendus, Adrien disputa son être, c'est-à-dire la double privation dont il était fait, à la fuite du temps, à l'approche du passage.

Il n'en était pas à son coup d'essai. Cinquante ans plus tôt, il n'avait pas trouvé à son goût les plaines sablonneuses de la Prusse non plus que l'enceinte de barbelés où l'on prétendait le tenir. Il avait résolu de retrouver le plus vite possible les reliefs de la montagne limousine. Il était parti droit vers le sud. Il avait marché huit nuits durant, le plus longtemps et le plus vite possible. A la première lueur de l'aurore, il disparaissait dans un fourré et s'y cachait jusqu'à ce que la nuit soit revenue. Il reprenait sa route rectiligne, à travers champs, passant à gué les rivières, se nourrissant d'épis de blé arrachés au passage, de rien. Lui qui n'avait pu avoir, esquisser du moins,

144

une vie neuve, comme Octavie, ni confier au vieux monde, aux préparatifs de son éternisation, le soin de ses jours, comme Baptiste, il s'était trouvé un dessein positif : s'absenter à l'espèce d'absence à laquelle on prétendait le condamner. Il avait mis à l'exécuter les ressources dont il était dépositaire au même titre que son frère et sa sœur mais que sa place avait laissées inemployées. Il avait couvert quelque quatre cents kilomètres jusqu'à la frontière suisse sans avoir fermé l'œil à aucun moment. Et comme je devais avoir l'air étonné alors qu'en vérité je le croyais, il a ajouté, avec le rire bref, sardonique des cadets, qu'il n'en avait pas éprouvé l'envie et qu'il aurait pu continuer longtemps, en cas de nécessité.

Il pourvut, jusqu'à son dernier souffle, aux travaux nombreux, constants qu'imposent les rigueurs du ciel et de la terre, le passage des années. Il s'occupait d'un jardin, de ruches, des bâtiments et des plantations qu'il avait, fauchait l'herbe des talus, émondait les haies, coupait des arbres. Je ne sache pas de difficultés ou de complications auxquelles il n'ait porté remède. Baptiste aurait attrapé sur-le-champ la scie à bûches, un gros marteau et une poignée de clous. Adrien restait un instant immobile devant les pièces grippées, l'assemblage faussé ou rompu, les méfaits de la neige ou simplement de la fatigue et de l'usure. Il disparaissait, revenait avec l'outil approprié et l'instant d'après, le métal rectifié, huilé, jouait sur son axe, le tenon, retaillé, faisait bloc avec sa mortaise. Il lui restait cinq mois à vivre, en ce jour d'hiver qu'un pommier planté par lui en 1942 — nous avons compté les cernes —, derrière la maison de 1930, s'abattit contre elle. Il était tombé dans la pire position qui se puisse imaginer. D'un côté, la pression exercée par sa masse oblique coinçait la lame de scie, empêchait de tailler le sifflet. De l'autre, il était malaisé comme tout de pratiquer une entaille de bas en haut sur la face intérieure du tronc, à travers l'enchevêtrement des branches. On courait le risque, considérable, d'être enseveli sous les deux moitiés de l'arbre lorsque, séparées par la tronçonneuse, elles se rabattraient l'une sur l'autre comme des mâchoires, en s'effondrant, et qu'on ne pouvait faire autrement, à cet instant précis, que de se trouver en plein dedans. J'étais embêté. Je suis allé voir Adrien. C'était la veille de Noël. Le temps était à l'ouest. On était dans les nuages. Il faisait presque doux. On voyait mal. Il ne pleuvait pas. Pourtant, on était trempé rien qu'à passer dehors. Je pensais qu'avec le tracteur, on pourrait peut-être tirer le pommier. Bien sûr, il emporterait, en glissant, le rebord de la toiture mais c'était un mal que j'estimais inévitable. Adrien quitta son fauteuil, passa un ciré et me suivit à travers les vapeurs. Il ramassa la tronçonneuse que j'avais laissée dans l'herbe mouillée, considéra l'arbre mort, blanchi de lichen, qu'il avait lui-même mis en terre et dont la chute m'apparaît, rétrospectivement, comme l'annonce de la sienne. Par une série de petites entailles juxtaposées, il pratiqua un large sifflet, en U, sur la face supérieure du tronc. Lorsque celui-ci se mit à geindre, sournoisement, dangereusement, comme font les arbres quand leur fibre cède, que leur cœur va se rompre, il jeta un coup d'œil à l'épaisse membrure qui le surplombait. Puis il s'avança d'un pas résolu, trancha d'un coup

bref, énergique, le gros de la demi-épaisseur oppo-
sée, se déroba avec la vivacité qu'on voit aux jeunes
gens. Il était près de moi, en sûreté, et riait à sa
manière brève, un peu cruelle, lorsque la partie
supérieure de l'arbre se replia sur l'autre et que
toutes les deux s'écroulèrent à nos pieds.

Il marchait quand il tomba, comme le pommier, à
la renverse. Livré qu'il était depuis 1909 à lui-même,
n'ayant reçu ni injonction de l'âpre dehors ni, du
dedans, l'impulsion à compter, à savoir, il pouvait
conduire, prolonger sa vie indépendamment des
choses sur lesquelles Baptiste et Octavie avaient réglé
les leurs. L'un n'avait pas survécu à la forêt qu'il avait
mise au monde puis élevée puis sevrée. Et si la mort
brisa la trajectoire tendue d'Octavie quand celle-ci
n'avait pas fini d'élucider tous les mystères, c'est
qu'il n'y a pas de fin à la tâche de connaître, de paix
pour qui en éprouve le besoin.

Adrien n'était qu'en charge de lui-même, avec
assez d'énergie et de violence pour changer tout un
pan du monde ou considérer le monde sous les rapports les plus généraux. Il les employa donc à tenir
en lisière les atteintes de l'âge, les forces nombreuses, pressantes, de la destruction quand elles
jugent que le terme est échu et se liguent pour ter-
rasser les corps. Aucun des troubles, des maux
graves, mortels, qui affectent l'homme à partir d'un
certain âge ne lui fut épargné. Ils le frappèrent l'un
après l'autre, au moment où l'on doit effectivement
s'attendre à les affronter parce que c'est ainsi, qu'il
nous faut finir et que c'est à eux que revient le soin
de nous emporter. Seulement, ils ne l'emportèrent
pas. Ils l'ébranlèrent suffisamment pour qu'on dût

l'hospitaliser à plusieurs reprises et, chaque fois, à la dernière extrémité. Mais après quinze jours, sa silhouette mince, obstinée réapparaissait au portail. Son visage émacié, pâli, témoignait du combat qu'il avait livré. Il hésitait à renouer ses souvenirs avec les choses auxquelles ils se trouvaient, pour lui, attachés. Il regardait, perplexe, plein de trouble, les objets. désuets, le rabat de velours vert, épais, des Douglas sur l'épaule de la Marsagne, l'azur violent, acide de juillet puis les mots lui revenaient pour les nommer, avec leur traîne de jours enfuis. Quand la chaleur brève de l'après-midi commençait à tomber, on le voyait passer sur le chemin. Il reprenait d'un pas encore incertain sa longue promenade. Vingt ans, chaque jour, exception faite de ceux où il était tombé un demi-mètre de neige, il parcourut la périphérie des terres dont son rang l'avait séparé mais qu'il avait si bien dans le sang que leur absence agissante avait commandé, de loin, sa destinée. Il gravissait les pentes qui mènent au rebord du plateau, à la lande originelle où retentit la grande voix du temps. Il dévalait les versants par les pistes forestières, les corridors roux qui s'ouvrent et se croisent sous les sapinières, atteignait le bourg, descendait jusqu'aux vallons peuplés d'aulnes où coule la Luzège et regagnait, plusieurs heures plus tard, le hameau que le soleil avait quitté.

C'est cet acharnement qui lui permit de faire pièce aux maux acharnés contre lui avec, sans doute, les ressources profondes qu'il tirait, comme Baptiste, de la terre, de l'eau limpide, de l'air vif des hauteurs, du passé. Ils lui rendaient, en quelques jours, son allure habituelle et son ironie. A deux ou trois reprises, il plia, dut reculer, s'aliter. Puis il regagna le terrain perdu, reprit son cheminement périphérique et le rire bref, railleur qu'il avait.

Je ne sais quelles pensées l'occupaient, quelles présences l'escortaient dans l'ombre des arbres, par les chemins qui avaient desservi, jadis, les champs abandonnés, les maisons en ruine, les moulins perdus et que les ronces et les verges d'or reprenaient. Les images, pour lui, n'existaient qu'au contact des choses. Il n'avait pu, comme Baptiste, se perdre en elles ni, étant homme, se tourner comme sa sœur vers de pures visions. Sans doute dans ses longues marches retrouvait-il celles et ceux dont l'image s'entait, comme un arbre, au sol même, veillait sous le bouquet de chênes de l'embranchement, hésitait au carrefour de Rouffiat où Miette, un jour, avait laissé son cœur ou bien hersait la terre sans profondeur, dans l'oubli. Il devinait peut-être encore les visages des reîtres, les buissons ennemis dans la haie du jardin et partout, assurément, la silhouette trapue, multipliée de son frère dans les rangs réguliers, innombrables, pleins d'augures et d'apparitions, de la forêt.

Il n'a rien dit à personne du fond de ses pensées. Il a refait jusqu'au bout la boucle complète de sa vie. Nul ne saura quel visage se penchait sur lui, auprès de quelle image il s'arrêta, en ce jour de juin que les forces contraires, revenant à la charge, lui firent toucher terre de la tête et des épaules et que ce fut la fin.

DU MÊME AUTEUR

COLLECTION FOLIO

Impression Novoprint
à Barcelone, le 20 février 2019
Dépot légal : février 2019
Premier depôt légal dans la collection : octobre 1996

ISBN 978-2-07-040078-2 /Imprimé en Espagne.